용과 주근깨 공주

BELLE

일러두기

본문 속 주석은 옮긴이가 표기한 것입니다.
본문의 등장인물 이름, 지역명, 일부 용어는 애니메이션을 따라 번역하였습니다.

용과 주근깨 공주

호소다 마모루 장편소설 · 민경욱 옮김

대원씨아이

초
대
장

어둠 속에, 한 줄기 하얀 선이 떠오른다.

천천히 다가온다.

이게 뭐지?

형태가 서서히 또렷해진다. 디테일이 복잡한 유닛의 연속이다. 현미경으로 들여다본 세포처럼 규칙적으로 배열되어 있다.

세포?

아니다, '거리'다.

『U』라고 불리는, 매우 불가사의한 거대 도시다.

이 세상의 지성을 관장하는 다섯 명의 현자 『Voices(보이시스)』가 창조한, 궁극의 가상 세계.

전 세계 50억 이상의 계정을 보유하고 있고, 지금도 계속 늘어나고 있는 사상 최대의 인터넷 공간.

당신은 아직 『U』를 하고 있지 않군요.

어떻게 접속해야 할까요?

당장 스마트폰을 보세요.

바탕화면에 『U』라는 글자가 그려진 아이콘이 있을 겁니다. 새로운 스마트폰 기종에는 거의 다 깔려 있으니 금방 발견할 수 있을 겁니다.

앱을 켜보세요.

U will be you.

You will be U.

U will be everything.

당신이 가지고 있는 전용 디바이스—이어폰, 손목시계, 귀걸이, 반지, 안경, 네일, 마스크 등—가 자동으로 당신의 생체 정보를 읽어들일 겁니다.

Reading your biometric information….

인증될 때까지의 짧은 시간 동안, 디스플레이에 『U』의 정책이 나올 겁니다. 다양한 사람들을 나타내는 몇 가지 아이콘이죠. 다양한 성별, 나이, 체형, 핸디캡 등이 다양한 'U' 자 형태의 도형으로 표현됩니다.

"세계에 존재하는 개인의 차이와 특수성과 마찬가지로, 에토스(ethos)를 구현하기 위해 다양한 형태의 U 입자를 조사합니다. Much like the different and particularity that makes each individual in the world unique, this explores a variety of different shaped U particles to embody this ethos⋯."

무수한 U 입자 가운데 하나가 확정됩니다.

인증이 완료된 겁니다.

"『U』의 세계에 오신 걸 환영합니다. Welcome to the world U."

무수히 연결된 스마트폰 형태의 창에서 U 입자가 튀어나옵니다.

인증을 마친 당신입니다.

U 입자가 순식간에 귀여운 토끼 형태의 소녀로 변화합니다.

안내 음성이 나옵니다.

"『U』에서는 모두가 편안히 즐길 수 있도록 최신 보디 셰어링 기술을 채택하고 있습니다."

이곳에서는 아바타를 「As(애즈=Automatic self=자율적 자아)」라고 부릅니다. As는 『U』의 별명 같은 것이죠. 스캔한 생체 정보에서 『U』가 자랑하는 최고의 A.I.가 당신의 As를 자동 생성합니다.

마찬가지로 로그인한 U 입자가 바로 As로 생성되어 창에서 튀어나오는 게 보일 겁니다.

당신—소박한 모자 사이로 하얗고 말랑말랑한 귀를 쏙

용과 주근깨 공주

내놓은 사랑스러운 소녀—이 된 당신은, 처음 만난 동료들과 함께 다이빙하듯 하강합니다.

시야를 가리던 운해가 갑자기 사라집니다.

노을빛을 반사하는 초고층 빌딩의 반짝거림에 당신은 절로 감탄의 목소리를 낼 겁니다.

치밀하게 구성된 기하학적인 빌딩들이 천지, 좌우 구분 없이 겹겹이 쌓여 생전 처음 보는 압도적인 저녁 풍경을 자아내고 있습니다.

화려한 쇼핑몰. 아직 해가 지지 않은 저녁, 퇴근한다는 해방감 속에 5번가와 샹젤리제, 혹은 긴자를 배회하는… 듯한 즐거움이죠. 형형색색의 의상을 입은 As들은 마치 베네치아의 가장 무도회처럼 보는 것만으로도 즐겁습니다.

작은 꽃의 그래픽 조각이 빙글빙글 돌며 눈처럼 흩날립니다. 조각을 하나 잡아 향기를 맡자 화려하고 관능적인 분위기 가운데 상쾌하고 젊은 향이 숨어 있습니다. 이 거리의 풍경과 정말 어울리죠.

당신은 떠들썩한 대로를 새처럼 떠돌다가 문득 하늘을 올려다봅니다. 하늘이어야 할 장소에도 뒤집힌 고층 빌딩이 당장이라도 쏟아질 듯 빼곡하게 솟아 있습니다. 그 고층 빌딩들을 꿰뚫듯 거대한 공원에서 실컷 놀고 있는 As들을 내려다볼 수 있습니다.

이토록 자유로운 기분을 만끽하게 하는 거리가 또 있을까요?

당신은 실감합니다. 이곳이야말로 세상의 중심이라고.

달이, 초고층 빌딩들 틈으로 보입니다.

안내 방송이 들려옵니다.

《『U』는 또 하나의 현실.》

《As는 또 다른 당신.》

《이곳에는 모든 게 있습니다.》

초승달은 마치 『U』의 형상을 본뜬 것 같네요.

《현실은 바꿀 수 없다. 하지만 『U』에서는 바꿀 수 있다.》

《자, 또 다른 당신을 만들자.》

《자, 새로운 인생을 시작하자.》

《자, 세상을 바꾸자…》

거리의 소란이 느닷없이 사라졌다.

노래다!

누군가, 노래하고 있다.

어디서 들려오는 것일까? 수많은 As가 목소리의 주인을 찾으려고 주위를 둘러본다. 당신도 하얗고 긴 귀를 기울인다.

그 노래는 장대하면서도 섬세하다. 친근하면서도 강력

하다.

저도 모르게 빠져든다.

"저기다!"

누군가가 소리쳤다. 수많은 As의 시선이 한곳에 모인다.

고래.

뒤집힌 빌딩들 사이를 무수히 많은 스피커를 매단 거대한 고래가 천천히 유영하고 있다. 그 콧등에 새빨간 드레스를 입은 조그만 사람이 보인다. 노래는 그곳에서 들리는 듯하다.

고래는 몸에 매단 수많은 스피커로 폭음을 내고 있다.

그녀는 고래 콧등에 버티고 서서 반주 소리 못지않은 압도적인 성량으로 노래한다.

새빨간 드레스로 보인 것은 달리아, 거베라, 아네모네, 에키나시아 같은 붉은 꽃으로 만든 드레스다.

비현실적인, 긴 핑크색 머리.

바다처럼 깊은, 푸른 눈동자.

말 그대로, 절세 미녀.

그리고 뺨에는 각인된 듯, *주근깨*가 있다.

"벨이다!" "벨!!"

As들은 그녀를 올려다보면서 입을 모아 이름을 부른다.

그녀의 이름은, '벨(Belle)'.

랄랄라

랄랄라

아무도 모르고

이름도 없는 지금을

달려가요

저 초승달을 향해

손을 뻗어요

랄랄라

랄랄라

당신을 알고 싶어

목소리가 되지 못한

두려운 아침을

수없이 맞더라도

탯줄이 툭 끊긴 순간

세상과 엇갈린 것 같아

눈에 보이는 경치가

슬프게 웃는다면

겁내지 말고 눈을 감아봐

자!

모두 이쪽으로

심장이 뛰는 쪽으로 와요

자!

발을 굴러요

심장이 춤추는 곳으로 와요

자!

신기루에 올라타

뒤집힌 세계를 넘어가요

"벨!" "벨!!" "벨!!"

그녀의 이름을 연호하는 각양각색의 As들 가운데 당신도 있다. 자기도 모르게 어느새 벨의 노래를 흥얼대고 있다. 노랫소리에 응하듯 그녀는 이쪽을 바라보며 미소 짓는다. 한순간 그녀와 눈이 마주친 것만 같아 가슴이 훅 뜨거워진다. 잠깐 본 것뿐인데 매료되어 눈을 뗄 수 없다.

방금 만났는데도 당신은 이미 그녀의 포로다.

"벨!" "벨!!" "벨!" "벨!!"

벨은 가슴에 손을 교차해 얹었다가 단숨에 펼쳤다.

그와 동시에 그녀의 몸에서 그래픽 꽃들이 일제히 떨어진다. 꽃들은 유유히 헤엄치는 고래 위에서 거리로 쏟아져서 퍼져 나간다.

모든 사람, 모든 일, 모든 삶을 축복하듯 벨은 소리 높여 노래한다.

도대체, 벨은 누구일까?

스
즈

"우앗!"

얇은 이불을 박차고 일어나 크게 숨을 들이켰다.

갑자기 일어난 탓에 낮은 천장에 머리를 부딪칠 뻔했다. 이곳은 시골집의 초라한 다락방으로, 지붕을 받치는 대들보가 침대 바로 위를 가로지르고 있다.

"하아, 하… 하…."

아침이다. 아침 햇살이 눈부시다.

조금 전까지의 휘황찬란한 세계가 여전히 생생하다. 그 여운을 느끼고 싶어 눈을 감는다. 분명 고래 콧등에 서서 노래했다. 화려한 의상을 입고 한껏 소리 높여 노래했다.

눈을 뜨자 바로 시트 위 바로 앞에 화면 꺼진 스마트폰이 있다. 그 어두운 화면에 햇살을 받은 자신의 모습이 비친다. 중학교 때부터 입은 색 바랜 촌스러운 잠옷. 여기저기 뻗친 푸석한 머리카락. 반쯤 풀린 눈.

그리고 뺨에 흩어져 있는, *주근깨*.

그 모습이 나를 우울하게 만든다. 가슴이 답답해져 한숨을 내쉰다.

"…후."

그때.

"스즈?"

1층에서 아버지 목소리가 났다. "무슨 일이니?"

초조해진다.

혹시 들었나? 물론 이곳은 방음 같은 게 되지 않는 평범하고 한심한 열일곱 살짜리 여자애의 방에 불과하다. 이불 속에 웅크리고 있는 것 외에는 소리가 밖으로 흘러나가도 막을 도리가 없다. 평소보다 소리가 컸나? 그렇다면…. 후회의 식은땀이 등줄기를 타고 흐른다.

"아, 아무것도 아냐…!!"

침대 위에 엎드린 자세로 서둘러 대답한다.

걱정한 아버지가 2층에 올라오면 어쩌지? 아냐, 오지는 않을 테지만. 그래도 만약….

"앗!"

침대에서 손이 미끄러지는 바람에 쿵, 머리부터 떨어졌다.

교복으로 갈아입고 1층으로 내려갔다.

아버지는 없다. 일하러 갈 준비를 하나?

스즈

툇마루 문을 열어 후가를 밖에 내놓고 차가운 아침 공기를 들인다. 거실과 식당을 빗자루로 가볍게 쓸고 테이블에 아무렇게나 놓인 잡지를 정리했다. 물을 끓이는 사이에 마당의 꽃을 꽃병에 꽂아 부엌의 액자 옆에 놓았다. 머그컵에 티백을 넣고 물을 붓는다. 홍차 향을 머금은 김이 오른다. 액자 안에서 오늘도 엄마는 웃고 있다.

마당에서 가만히 기다리고 있는 후가에게 밥을 줬다. 하얀색에 옅은 갈색 털이 섞인 탓에 멀리서 보면 살짝 더러워 보여 목욕도 못 한 불쌍한 개로 보인다. 다쳐서 오른쪽 앞발 끝이 없다. 멧돼지 덫에 걸려 잘린 것이다. 핑크빛 살이 그대로 드러난 다리를 들고 위태롭게 균형을 맞추며 밥을 먹고 있다. 가축 보호 개였다가 우리 집 반려견으로 올 때까지는 겉모습 그대로 불쌍한 개로 여겨졌을까. 툇마루에 앉아 홍차를 마시면서 후가를 가만히 바라봤다.

구릿빛 피부에 감색 티셔츠를 입은 아버지가 작업 도구를 넣은 배낭을 메고 차고에서 나왔다.

"스즈, 데려다줄까?"

후가를 보면서 머그컵을 입에서 떼지 않고 대답했다.

"…됐어."

"저녁은?"

"…됐어."

"…그래? 그럼 다녀올게."

아버지는 당혹스러운 표정을 짓고 있겠지. 보지 않아도 안다. 사륜구동 경차의 시동이 걸린다. 후진으로 빠져나와 언덕을 내려간다. 자갈을 탁탁 튀기는 타이어 소리가 멀어진다.

눈을 마주하지 않은 지 얼마나 되었을까. 제대로 된 대화를 나눈 지 얼마나 지났을까. 같이 밥을 먹지 않은 지 도대체 얼마나 됐을까.

땡, 알림 소리가 났다.

스마트폰 화면에 틱톡 하고 댓글 풍선이 뜬다.

《벨은 가상 세계『U』가 탄생시킨 최고의 미녀.》

온 세상의 언어가 순식간에 번역된다.

《매우 독창적이고 희귀한 노래.》《벨의 노래에는 자신감이 넘친다.》《50억 계정 중 가장 주목받는 존재.》

댓글 풍선이 앞을 다퉈 올라와 순식간에 벨 아이콘 주위를 뒤덮는다.

하지만 기쁨도, 성취감도, 고양감도 없다. 벨이 아무리 주목받더라도 나와는 아무런 관계가 없다. 이가 나간 머그컵을 입에 댄 채 자신 안에 틀어박힌다.

댓글 풍선 중 하나가 커다랗게 부풀어 오른다. 가장 주목받은 댓글을 확대해 표시하는 알림 기능이다.

엄청난 수의 댓글 풍선 가운데 베스트 댓글은 다음과
같다.

《그녀는 도대체, 누구?》

컹! 후가가 짖으며 고개를 들었다.

자기 안에 틀어박힌 나를 걱정하듯.

대부분이 알고 있겠지만, 시코쿠 고치 지역은 연달아 이
어진 험준한 산과 그 사이를 흐르는 맑고 아름다운 계곡물
이 많아, 풍요로운 자연이 자랑인 현이다. 150년도 더 된
옛날에는 오래 이어져온 일본 봉건 사회를 극적으로 개혁
한 인물을 여럿 배출한 바 있는데 이 또한 자랑거리다. 일
조 시간이 전국 최고 수준. 술 소비량도 최고 수준. 그 탓인
지 사람들 성격이 밝고 싹싹하며 스스럼없다는 평을 듣는
다. 하지만 그런 사람 가운데 늘 땅만 보고 걷는 어두운 성
격의 애도 있기 마련이다.

그게 바로 나다.

30여 채의 집들이 산비탈을 따라 지어진 마을 한쪽 구석
에 우리 집이 있다. 내려다보이는 곳에는 니요도가와라는
강이 흐르고 잠수교로 강 저편과 이어져 있다. 잠수교란 난
간이 없는 다리인데 강물이 불어 다리가 잠겨도 쓸려가지
않도록 설계되어 있다. 이 다리가 잠기지 않는 한 매일같이

용과 주근깨 공주

건너간다. 오늘도 니요도가와의 물살은 조용하고 맑다.

가끔 관광객이 렌터카를 타고 와서 와! 정말 깨끗하다, 혹은 정말 맑네 같은 말을 하며 잠수교 위에서 사진을 마구 찍어댄다. 멋진 곳이라며 포즈를 취한다. 그런 사람들은 이 지역의 진실을 모른다.

책가방을 옆구리에 끼고 돌계단을 내려가 급경사 언덕길을 탁탁 로퍼 소리를 내며 걷는다. 예전에는 빗질하는 이웃 아주머니가 어머! 스즈, 안녕! 혹은 잘 다녀와라! 라고 말해주었다. 그러나 지금은 아니다. 집 대다수의 덧문이 굳게 닫혀 있다. 세상을 떠났거나 시내로 이사해 이곳에 사는 사람이 서서히 사라지고 있다. 니요도가와 유역에는 그런 마을이 여럿 있다. 90년대 초에 '한계 촌락'이라는 용어를 한 사회학자가 만들어낸 것도 이 지역 때문이라고 했다. 가장 번성했던 때에 비해 사람이 정말 많이 줄었다는 어른들의 말을 어릴 때부터 수도 없이 들었다. 이곳은 일본 어느 곳보다도 빨리 인구 감소, 저출산 고령화의 최첨단을 달리고 있다. 그것은 어김없는 사실이다.

언덕길을 다시 올라 국도로 나가면 버스 정류장이 있다. 녹슨 운행표에는 아침과 저녁 두 개의 시각만 적혀 있다. 놓쳤다가는 지각 정도가 아니다.

조금 있다가 버스가 왔다. 뒤쪽, 늘 앉는 자리에 앉는다.

차 안에는 아무도 없다. 정류장을 계속 그냥 지나친다. 타는 사람이 아무도 없다. 버스에 흔들리며 운전석 옆 게시판을 멀거니 바라본다.

『이 버스 노선은 9월 말일로 운행 중지됩니다. ○○교통』

마침내 아무도 살지 않게 된 곳에 내가 살고 있다. 거친 파도가 밀려드는 절벽 끝에 서 있다. 이제 더는 갈 곳이 없는 세상 끝에 있는 듯한 정처 없는 마음에 시달린다.

버스에서 내려 JR 이노역 개찰구를 통과해 플랫폼에 정차 중인 기차(고치에서는 열차를 기차라 부른다. 정확하게는 경유로 운행하는 디젤차)로 갈아탄다. 텅 빈 차량 바닥에 떨어지는 아침 햇살이 반사되며 흔들린다. 정차하는 역마다 다른 학교 교복을 입은 고교생이나 중학생이 조금씩 탄다. 시내에 가까워질수록 바닥의 빛은 점점 보이지 않게 되고 2량 편성의 기차는 손님으로 가득 찬다. 안내 방송이 내가 내려야 할 역 이름을 알린다.

학교로 가는 길, 같은 교복을 입은 많은 이들과 합류한다. 한 무리가 되어 완만한 언덕길을 오른다. 그 가운데 내가 있다. 이 시간은 내게 너무나 큰 평안을 준다.

여름 햇살이 눈부시다.

작년 가을.

중정 한가운데에 있는 나무 앞에서 관현악 합주부가 연주하고 있고 그 모습을 수많은 학생이 둘러싸고서 보고 있다.

관현악 합주부 연주 발표는 늘 인기가 많다. 그저 연주만 하는 게 아니다. 연주자 전원이 연주에 맞춰 스텝을 밟는다. 약동감 넘치는 즐거운 춤이다. 모든 악기 연주자의 스텝이 착착 맞고, 그동안에도 연주가 흔들리는 일은 없다.

나와 히로―베츠야쿠 히로카―도 체육관 2층 베란다에서 연주를 듣고 있다.

첫 번째 곡이 끝나고 두 번째 곡이 시작되자 키가 크고 날씬한 미소녀가 알토 색소폰을 들고 앞으로 나왔다. 좌우로 활기차고 매력적인 스텝을 밟으면서 느슨한 웨이브의 긴 머리카락을 찰랑거리며 조금도 흐트러짐 없이 솔로 연주를 선보인다.

"…정말 예쁘다."

절로 이런 말이 나온다. 루카―와타나베 루카―의 건강미에 한숨을 흘릴 정도로 매료되고 만다.

같은 베란다에서 보고 있던 다른 여학생들의 대화 소리가 들린다.

"루카는 우리 학교 공주야."

"다리 좀 봐. 정말 가늘고 길다."

"교복을 입었는데도 모델 같다."

"맞아~~~!"

한 목소리로 말하며 서로 고개를 끄덕인다.

"가늘지도, 길지도 않은 아이의 시샘이 굉장하네…."

히로가 옆에 있는 내게만 들리게 말하며 책장을 넘긴다.

여학생들의 목소리가 계속 들린다.

"루카는 말이야, 자연스럽게 리더 역할을 한다니까."

"태양처럼 모든 걸 끌어들여서 그래."

히로는 은테 안경 속의 미간을 찌푸렸다.

"저런 말 정말 짜증 나. 그런 점에서 스즈는 달의 뒷면처럼 아무도 다가오지 않아 편하지."

"이런!"

갑작스럽게 한 방 먹고 휘청거리며 어이없다는 표정으로 고개를 돌렸다.

"히, 히로."

"응?"

"그 독설, 좀 부드럽게 해주면 안 되냐…?"

"독설? 누가?"

그때 연주를 막듯 커다란 목소리가 중정에 울려 퍼졌다.

"카누부, 들어오실 분 없어요?"

모두가 돌아본다.

용과 주근깨 공주

"카미신이다!" "카미신이 왔다!"

카미신—치카미 신지로—은 손에 카누 패들, 등에 'CANOE'라고 적힌 깃발을 짊어지고 닥치는 대로 사람들을 설득한다. 마치 적진에 뛰어든 척후병 같다.

"아! 선배, 카누부 어떠세요?"

"야! 그만 좀 해! 카미신!" "그런 데 안 들어가!"

실컷 웃고 도망치는 남자 선배들을 쫓아가는가 싶더니 휙 몸을 돌려 이번에는 여학생 무리 쪽을 향한다.

"저기, 카누 안 할래?"

"꺄악~!!"

여학생들은 진심으로 비명을 지르며 도망간다.

"아, 거기 너, 카누 하자!"

"위험해. 도망쳐~."

본인은 진지한데 주위 반응은 카미신을 괴짜 취급하고 있다. 미녀들 가운데에 뛰어들어 소란을 피우는 괴수처럼.

"저기, 카누…?"

"꺅~~."

도망치는 여학생들의 모습을 보고 있자니 카미신의 절박함을 변명해주고 싶은 마음이 든다.

"카미신, 혼자 카누부를 만들다니 굉장하지?"

"하지만 녀석 혼자잖아."

"왜 그럴까?"

"왜라니…."

히로는 연주하면서도 소란한 상황에 신경을 쓰는 루카를 봤다.

루카는 몸을 굳히고 피하듯 카미신에게 등을 돌렸다.

히로는 그 모습을 놓치지 않는다.

책을 탁 덮고 심각한 눈으로 루카를 봤다.

"…좋게 말해서, 깔보고 있네."

우리는 체육관을 벗어나 교내를 어슬렁거렸다.

코러스부, 생물부, 경음악부, 댄스부. 다양한 동아리가 저마다 활동을 홍보 중이다.

유리로 마감한 무지개다리를 건너는데 어디선가 여학생들의 환호성과 박수가 들렸다.

실외 농구 코트에서 1ON1(원 온 원)이 벌어지고 있다. 남자 농구부의 부원 유치 활동이다. 다음 게임을 위해 코트에 볼이 던져진다. 그 볼을 성큼 잡은 파카 차림의 남학생이 보인다.

"아…."

시노부다.

게임이 시작된다.

용과 주근깨 공주

시노부—히사타케 시노부—는 통, 통, 천천히 드리블을 하며 상황을 살핀다.

상대—선배—는 몸을 낮추고는 점프 슛을 막으려고 오른손을 들어 견제한다. 시노부는 일단 낮은 드리블로 빠져나가려다가 상대 수비가 강하게 나오자 일단 물러난다.

그 순간 갑자기 자세를 바꿔 순식간에 점프 슛을 쏜다.

빠르다.

선배는 당황해 손가락을 최대한 펼쳐 팔을 뻗었으나 간발의 차이로 닿지 않는다. 물러나려던 조금 전의 행동은 속임수였구나. 볼은 깨끗한 포물선을 그리며 시원하게 골네트를 통과했다.

3층 복도에 쭉 늘어선 여학생들로부터 열렬한 박수가 터져 나왔다. 하지만 시노부는 미소 한번 짓지 않는다. 그 쿨한 모습 덕분에 학교 여학생들의 관심을 한 몸에 받고 있다.

박수가 끝나지도 않았는데 코트에서는 이미 다음 게임이 시작되었다. 통통, 시노부는 타이밍을 계산하면서 수비를 제치려고 낮은 드리블을 계속 한다. 힘으로도 지지 않는다고 말하듯. 힘차게 파고들어 순식간에 선배를 제치고 확실하게 레이업 슛을 놓을 위치로 간다. 볼이 골네트를 통과하는 경쾌한 소리가 난다.

다시 여학생들의 박수 소리가 학교 건물 벽에 울렸다.

히로에게 혼잣말처럼 얘기했다.

"…시노부가 저렇게 클 줄 몰랐어."

"어릴 적 친구라며?"

"응. 실은 나, 시노부한테서 프러포즈 받은 적도 있어."

"진짜? 어떻게?"

"'스즈는 내가 지켜줄게.'"

"그게 언젠데?"

"여섯 살."

"…너무 옛날 얘기잖아."

한심하다는 듯 히로가 한숨을 쉬었다.

다시 골을 넣었다.

박수 속에서 게임을 마친 시노부는 미소 한번 짓지 않고 선배와 나란히 코트 밖으로 나간다.

소꿉친구인 시노부.

이제 그는 내 손에 닿지 않는 곳에 있다.

학교에서 돌아와 잠수교를 터벅터벅 건넜다.

시노부와는 유치원부터 초등학교 저학년까지 늘 함께 어울렸다. 그 후 시노부가 시내로 이사하는 바람에 멀어졌다가 고등학교에서 동급생이 되었다. 하지만 옛날처럼 지낼

용과 주근깨 공주

수 없었다.

어릴 때에는 내가 이렇게 땅만 보고 걷는 아이가 될 줄 정말 몰랐다. 이렇게 된 데는 이유가 있다.

니요도가와의 조용한 흐름을 바라봤다.

그래. 바로 그, 옛날 얘기다.

하얀 새가 수면을 스치듯 통과한다.

기
억

"엄마."

"왜?"

내가 부르면 엄마는 돌아보며 대답해주었다.

11년 전. 집은 아직 새집이었다. 차고는 아직 없었고 마
당 여기저기에 심은 나무의 꽃이 피어 있다.

"머리 안 자를 거야."

그렇게 말하고 집 앞 언덕길을 뛰어 내려갔다. 엄마는 반
대쪽 계단으로 내려와 앞질러 허리에 손을 얹고서 기다리
고 있다. 절대 자르지 않을 거라며 폴짝폴짝 뛰어 반대 방
향으로 도망쳤다. 하지만 바로 붙들려 집으로 돌아왔다. 마
당 벤치에 앉아 미용 케이프를 둘렀다. "스즈, 예뻐질 거야."
싫어. 머리를 자르면 짧은 머리카락이 온몸을 콕콕 찌르는
게 싫었다. 다리를 흔들면서 입을 내밀었다. 하지만 엄마는
개의치 않고 가위를 들고서 내 머리카락을 싹둑싹둑 잘랐
다. "이제 초등학생이 되니까." 양쪽 머리는 어깨에 닿지 않

용과 주근깨 공주

을 정도, 앞머리는 눈썹 살짝 위가 되었다. 학교에 다니기 시작한 뒤로도 한동안 목덜미가 따가웠다.

엄마는 정말 나와 많이 놀아주었다.

저녁의 강변 잔디에서 씨름을 했다. 내가 힘껏 밀면 엄마는 잔디밭에 나뒹굴었다. 이겼다고 좋아하며 웃으면 엄마도 웃었다. 몸이 약한 스즈가 튼튼해져서 기뻐. 그런 모습을 아버지는 잔디밭에 누워 바라보며 웃어주었다.

엄마는 자주 생선 소금 다다키를 해줬다. 소금을 살살 뿌려 꼬챙이에 낀 참치를 직화로 굽는다. 그 모습을 의자 위에서 내내 지켜봤다. 기름이 뚝뚝 떨어지니까 쿠킹 페이퍼로 닦으면서 구워야 가스레인지가 더러워지지 않는다. 잘 구워지면 얼음물에 담가 식힌 다음 물기를 뺀다. 아주 두껍게 써는 게 엄마 스타일이었다. 그래서 어린 나는 두꺼운 참치구이 한 조각을 젓가락으로 집지 못해 힘들었고 입안에 넣는 데도 고군분투했다. 엄마는 머그컵을 들고 악전고투하는 나를 바라보며 아버지의 귀가를 기다렸다. 그 무렵 아버지는 샐러리맨이라 넥타이를 매고 매일 시내로 출근했다.

그래선지 지금보다 예전에는 집에 돈이 좀 있었나 보다. 엄마가 최신식 스마트폰을 샀던 걸 보면. 스마트폰 카메라 성능을 시험해보자고 해서 아버지 무릎 위에서 엄마에게 스마트폰을 들이댔다. 엄마를 화면 안에 담는 방법을 아버지에게서 배워 셔터를 눌렀다. 하얀 옷을 입고 미소를 지은 엄마는 아름다웠다. 프린트한 그 사진은 지금도 집에 있다.

지금과 달리 나는 온종일 동네방네 뛰어다니는 쾌활한 아이였다. 집 안보다는 밖에서 노는 게 훨씬 좋았다. 나무를 타서 나뭇잎을 찢고 벌레를 쫓았다. 그런데도 살이 잘 타지 않았다. 그런 체질이었나 보다. 대신 얼굴은 주근깨투성이가 되었고 무릎도 성할 날이 없었다. 숲 속에서, 강가에서, 집 앞 언덕길에서 자주 발을 헛디뎌 넘어졌다. 엄마는 황급히 달려와 아파 우는 나를 꼭 안아주었다. 그러면 신기하게도 아픔이 싹 사라졌다. 그건 그것대로 행복한 시간이었다. 활발하게 뛰어다니는 통에, 그리고 엄마에게 안기고 싶은 마음에 얼마나 많이 넘어졌는지 모른다. 그때마다 엄마는 딸에게 큰일이나 생긴 것처럼 달려와 걱정해주었다.

모든 날이 여름방학 같았다. 빨래나 청소하는 엄마를 졸졸 따라다니며 놀았다. 점심을 먹고는 온 집 안의 문을 열어놓고 다다미에 여름 이불을 깔고서 같이 낮잠을 잤다. 모기향 냄새가 은은히 피어올랐다. 눈을 뜨면 대개 옆에서 자던 엄마는 바쁘게 집안일을 하고 있었다. 돌이켜 보면 엄마는 지금 바쁘니까 기다리라는 말을 한 번도 하지 않았다.

용과 주근깨 공주

내가 원하면 언제든 놀아주었다.

집이 산간이라 외식하는 일은 거의 없었다. 대신 엄마가 뭐든 만들어주었다. 어느 날, 그림책에서 본 꼬치구이를 먹고 싶다고 했다. 먹어본 적이 없었으니까. 엄마는 닭고기를 꼬치에 하나씩 꿰어 꼬치구이를 만들어주었다. 태어나서 처음으로 꼬치구이라는 것을 실제로 봤다. 어떻게 먹는지 몰라 고기를 먹으면서 꼬치에서 빼내는 방법을 알 수 없었다. 그런 내 모습을 엄마와 아버지는 가만히 지켜보았다. 딸이 생전 처음으로 하는 경험을 절대 놓치지 않겠다는 듯.

산간에 사는 우리는 놀러 나간다고 하면 유원지나 쇼핑몰이 아니라 집보다 더 산속에 있는 캠핑장이었다. 맑은 여름날, 엄마와 나는 챙이 넓은 모자를 쓰고 잠수교를 건넜다. 아버지는 캠핑 도구를 잔뜩 짊어지고 걸었다.

야스이 계곡 안쪽의 스이쇼 연못은 이 지역에 사는 우리조차 경탄할 정도로 물이 맑았다. 물이 너무 맑아 연못 바닥에 비친 내 모습이 또렷이 보였다. 마치 우주에 떠 있는 듯한 느낌이라 살짝 무서웠다. 엄마는 수영을 정말 잘했다. 이 지역에서 태어나고 자란 엄마는 여름에는 갓파(물에 사는 상상의 동물, 역주)처럼 헤엄치고 다녔다며 자랑했다. 강의 즐거움을 속속들이 알고 있었다. 동시에 위험한 날에 위험한 장소에서 수영은 절대 못 하게 했다. 엄마는 물에 뜬 나를 앞질러 여봐란 듯 잠수했다. 튜브에 타고 있던 나는 불안해져서 엄마를 불렀다. 엄마, 가지 마! 하지만 엄마는 내 목소리가 들리지 않는 듯 맑은 물을 헤엄쳐 가버렸다.

어느 날 저녁, 엄마의 스마트폰을 가지고 노는데 이상한 앱을 발견했다. 앱을 켜보니 하얀색과 검은색 계단 같은 게 쭉 놓여 있다. 이게 뭐야? 옆에 있던 아버지에게 물었다. 아버지는 들여다보고는 고개를 갸웃하더니 저녁을 준비하던 엄마를 불렀다.

저녁을 먹은 다음, 세로로 들고 있던 스마트폰을 엄마가 가로로 눕혔다. 옆으로 눕히니 피아노 건반임을 알 수 있었다. 해보라고 해서 건반 하나를 눌렀다. '도' 소리가 났다. "소리가 나!"라며 엄마 얼굴을 봤다. 엄마도 "소리가 나네!"라며 내 얼굴을 봤다. 그것은 엄마가 직접 만든 음악 제작용 앱이었다.

그때에야 비로소 엄마의 방을 둘러보고 책장에 낡은 레코드와 카세트테이프, CD 등이 빼곡하게 꽂혀 있음을 깨달았다. 그것들을 레코드플레이어와 카세트덱에 넣으면 앰프를 거쳐 좌우 스피커로 음악이 나온다는 것도. 엄마의 컬렉션은 클래식과 재즈, 록의 역사를 잘 정리한 훌륭한 작품들이었다. 그런 작품들이 세상 끝에 있는 우리 집 방에 모여 있다는 것의 가치와 의미를 당시의 나는 전혀 몰랐다.

그 방에서 앱의 건반을 차례로 누르고 저장했다. 재생하면 각 음이 배열된 순서대로 난다. 말도 안 되는 음계를 입력해도 제대로 재생해준다. 그게 너무 좋아서 의자 위에서 폴짝폴짝 뛰었다. 엄마도 웃었다. 따뜻한 백열등 불빛이 우리를 비춰주었다.

그 뒤 그 앱에 완전히 빠졌다. 엄마에게서 스마트폰을 빌려 온종일 가지고 놀았다. 조작은 직관적이고 쉬웠다. 아동용 앱이 아니었던 터라 모르는 단어나 기능도 많았다. 하지만 상관없이 몰두했다. 곡을 만든다는 자극적인 새로운 경험에 푹 빠졌다. 여러 곡을 작곡해 엄마 앞에서 선보였다. 다 들은 엄마는 그때마다 짧게 조언해주었다. ○○하면 더 좋아지겠다. ○○하는 게 비결이야. 때로는 컬렉션 속 작품을 몇 가지 꺼내 참고로 들려주기도 했다. 엄마는 음악가도, 작곡가도 아니었으나 지금 생각해보면 모두 매우 정확한 조언이었다. 이런 대화를 여러 번 거치는 사이 어느 순간부터 내가 조합한 멜로디를 듣던 엄마가 앗! 하고 뭔가 깨달은 듯 놀라더니 직접 나지막하게 노래하며 음미했다. 내가 어떠냐고 묻자 엄마는 나쁘지 않다고 했다. 사실 엄마는 내가 만든 곡들이 걱정스러웠단다. 보통 음을 두지 않는 곳에 놓는다. 그러면 이 곡은 틀림없이 실패할 테고 지금까지 한 작업이 쓸모없어질 텐데. 그렇게 생각했단다. 그런데 내가 놓은 음들이 점차 형태를 이루자 신기하게도 자연스럽고 좋은 느낌이라고 했다. 데굴데굴 구르고 싶을 정도로 행복했다. 아마도 내 자식이니까 좋게 들리는 것 같다고 엄마는 덧붙여 말했지만, 행복했다. 딱히 제3자에게 듣게 하려고 만든 게 아니다. 엄마에게 들려주려고 만든 곡이니 됐다. 엄마가 내가 만든 곡에 맞춰 노래한다. 오른손으로 박자를 맞추며 부드럽게 노래한다. 친구끼리 만든 합창단의 일원이기도 한 엄마의 목소리는 맑고 또렷해서 엉터리로 만든 내 곡을 더 멋지게 들리게 했다. 너무 기뻐서 나도 노래했다. 아무리 노력해도 엄마처럼 멋있게 부르지는 못했지만.

나와 엄마의 행복한 추억은 느닷없이 여기서 끝났다.
그리고 그 8월이 찾아왔다.
다음은 힘들고 고통스러운 추억뿐이었다.

울부짖는 어린 여자아이의 목소리가 강변에 울려 퍼졌다.
여자아이 혼자 강 한가운데 모래톱에 남아 있다.
네 살이나 다섯 살쯤 되려나. 나보다 어려 보였다.
조금 전까지 그토록 맑았는데 정신을 차려보니 푸른 하

늘은 사라지고 시커먼 구름이 뒤덮고 있다. 아름답고 잔잔했던 강은 잠시 눈을 돌린 사이 탁해졌고 물이 불어 온갖 나뭇가지들을 떠안고 무섭게 흘러가고 있다. 상류에 큰비가 내렸구나.

이렇게 되기 전, 아직 강이 투명했을 때 건너편에서 즐겁게 놀던 사람들이 있었다. 그 사람들이 지금은 이쪽 강변에서 멀거니 여자아이를 보고 있다. 현지인이 아니라 도시에서 왔음을 단박에 알 수 있는 화려한 아웃도어용 옷을 입고 있다. 여자아이의 옷도 한 번도 본 적 없는 화려한 옷이다. 도시 사람들은 어째서 저렇게 화려한 옷을 놓치고 말았을까. 왜 아이의 존재를 잊고 이쪽 강변으로 돌아왔을까.

강가에서 물놀이를 하던 친구들, 가족들, 낚시나 카누를 즐기던 사람들은 어쩔 줄 몰라 하며 그저 멀거니 서서 지켜만 보고 있었다. 그러는 것도 무리는 아니다. 그만큼 거센 물살이 사람들과 여자아이 사이를 가로막고 있었다. 이래서는 구할 수 없겠다고 누구나 알아차리고 만 것이다. 어른 하나가 휴대전화로 어딘가와 통화하고 있다. 하지만 여자아이가 있는 모래톱이 조금씩 좁아지는 것이 모두의 눈에 보였다. 제시간에 구급대가 도착할 것 같지 않음을 모두가 알았다. 그래서 더 아무것도 하지 못하고 우두커니 서 있는 수밖에 없었다.

그저 이렇게 저 여자아이의 우는 소리를 듣고 있을 수밖에 없나?

그때 누군가가 카누 옆에 있는 빨간 구명 재킷을 들었다. 여자아이를 바라보면서 구명 재킷을 입고 앞으로 나섰다.

엄마였다.

엄마! 황급히 엄마의 옷자락을 잡고 매달렸다. 엄마가 지금부터 하려는 일이 너무 위험하다는 사실을 직감했다. 너무 불안했다. 소리치며 열심히 매달려 막으려 했다. 엄마는 쭈그리고 앉아 내 손을 꼭 잡고서 뭐라고 나를 다독였다. 그때 엄마가 무슨 말을 했는지 기억나지 않는다. 한껏 발버둥을 치느라 얘기를 들을 상태가 아니었다.

엄마는 매달리는 나를 뿌리치듯 벌떡 일어나 구명 재킷 버클을 잠그고 달려갔다. 쫓아가려던 나는 강가 돌부리에 발이 걸려 넘어졌다. 그래도 일어나 엄마의 등을 보며 소리쳤다.

가지 마!

엄마는 내 말을 듣지 못했던 것 같다. 여자아이가 있는 곳을 확인하고 강에 뛰어들어 물살에 몸을 맡긴 채 구조에 나섰다.

이슬비가 쏟아지기 시작했다.

그리고 얼마나 지났을까. 주위가 소란스러워졌다. 여자

아이가 강에서 구조된 것이다. 완전히 젖은 채 축 늘어진 여자아이를 어른들이 강에서 끌어냈다. 비를 맞으며 그 모습을 가만히 지켜봤다. 달려가는 사람들. 기뻐하는 소리, 울며 무너지는 소리가 뒤섞인다. 괜찮니? 눈을 떠라. 다행이구나. 살아서 다행이야….

그 여자아이는 엄마가 입고 있던 것과 똑같은 빨간 구명재킷을 입고 있었다.

그 순간, 무슨 일이 일어났는지, 다 이해했다.

엄마가, 없다.

"엄마… 엄마…!"

어디 있어? 찾으려고 주위를 둘러봤다.

어디에도 없다.

"엄마…!!"

멀리서 구급차 사이렌 소리가 들렸다. 여자아이가 담요에 싸여 많은 어른들에게 안겨 강가를 떠났다.

다들 그 일에 열중해 내 엄마가 없다는 사실을 전혀 모른다.

"엄마!!"

나 혼자 소리를 높여 계속 불렀다.

수없이, 수없이, 수없이….

그 뒤는 잘 기억나지 않는다.

훨씬 하류에서 엄마를 발견했다는 얘기를 듣고도 거짓말이라고 생각했다. 엄마가 쓰던 머그컵의 이가 나간 것도 훨씬 뒤에야 알았다.

아버지는 언젠가 찍은 엄마의 사진을 액자에 넣어 부엌한쪽 구석에 놓았다. 그 옆에 매일 꽃을 놓는 것도 잊지 않았다.

이웃들은 길에서 만날 때마다 일부러 말을 걸어주고 친근하게 얘기를 들어주었고 눈물지으며 격려했다.

한편 인터넷에는 이 사고에 관한 익명 댓글이 넘쳤다.

《비로 물이 불어난 강에 뛰어들다니 자살 행위야.》

《수영에 자신이 있었나 본데 수영장과는 다르다고.》

《다른 사람의 아이를 구하다 죽다니, 자기 아이에게 너무 무책임하네.》

《사고가 생기면 물놀이 가기가 힘들어져. 민폐야.》

《사람을 구하려 하다니. 착한 척하다가 그 꼴 났네.》

글을 쓴 사람은 실제 사정을 아무것도 모를 테고, 글을 쓴 다음 날에는 아마도 자신이 그런 글을 썼다는 것조차 잊을 것이다. 하지만 그 글을 읽은 당사자는 가슴에 못이 박힌 채 영원히 살아야 한다. 사고 직후, 지인들이 이거 보라며, 너무 분하다면서 알려주었다. 그런 말들 앞에서 너무 어린 나는 무슨 소리인지 다 이해하지 못했다. 하지만 성장하며 그 말뜻을 이해하게 됨에 따라 거기에 적힌 무심한 악의에 끊임없이 고통받았다. 엄마를 잃었다는 사실조차 아직 제대로 받아들이지 못했는데, 사람을 구한 엄마가 오히려 잘못했다는 이런 글을 유족으로서 어떻게 받아들여야 할까?

그런 나를 내버려둔 채 부엌 액자 속의 엄마는 미소를 지을 뿐이다.

그 사고로 인해 뭔가 이전과는 결정적으로 변해버린 것만 같다.

어느 날 저녁, 먼지가 내려앉기 시작한 엄마 방에서 즐거웠던 추억을 떠올리고 싶어 의자 위에 섰다. 그리고 엄마와 함께 노래했던 곡을 불렀다.

그런데 시작한 노래를 전혀 부를 수 없게 되었음을 깨달았다. 목소리가 목구멍에 걸려 입 밖으로 나오지 않는다. 혼란스러웠다. 마음속의 무언가가 노래하는 것을 억압하고 있다. 어? 왜 노래할 수 없지? 눈물이 나왔다.

"엄마."

혼자 중얼거렸다.

엄마, 나, 왜 노래할 수 없지?

그토록 노래하는 게 즐거웠는데. 아마도 노래가 필요했던 것은 엄마가 들어주었기 때문일 거다.

노래할 수 없어졌다는 것 역시 객관적으로 보면 큰일도 아니다. 곤란할 게 하나도 없지 않나. 노래할 수 없다고 해서 뭐라는 사람은 하나도 없다. 인생은 그저 계속될 뿐이다.

동네 중학교에 진학했다. 점퍼스커트 교복을 견디기 힘들었다.

초등학교 동창은 진학과 동시에 시내로 가는 애가 많아 동네에 남는 아이는 절반도 되지 않았던 터라 중학교에서도 여러 학년이 한 학급에서 공부했다.

그래서 합창 연습은 교감 선생님의 반주로 전체 학년이 노래해야 했다. 전체 학년이라고 해봐야 열세 명이었다. 열세 명인 탓에 노래하지 않고 입만 뻐금거리면 바로 탄로가 났다. 왜 노래하지 않느냐고 선생님은 내게 사정을 물었으나 아무 말도 할 수 없었다. 혼날까 싶었는데 혼나지는 않았다. 다음 연습부터는 견학하라고 해서 음악실 구석에 혼자 앉아 모두가 연습하는 모습을 지켜봤다. 입을 꼭 다물고 있었으니 무기력한 아이처럼 보였을지 모른다.

하지만 그 내면에서는 표현할 길 없는 정체 모를 무언가

용과 주근깨 공주

가 부글부글 들끓었다. 하교해서 집에 돌아오면 바로 엄마 방에 들어갔다. 황혼의 빛이 창문으로 눈부시게 새어들었다. 사용하지 않는 식기와 계절 가전 같은 것이 담긴 종이 상자가 테이블 위에 쌓여 있다. 완전히 창고처럼 되어버렸다. 그날로부터 몇 년이 지났다. 지나버렸다.

그 방에 있는 대량의 레코드를 책장 끝부터 한 장씩 꺼내 순서대로 들었다. 며칠씩, 며칠씩, 며칠이나. 오로지 음악만 들으면서 들끓는 마음을 간신히 진정시켰다.

하지만 어느 날, 더는 견딜 수 없는 순간이 찾아왔다. 돌아오자마자 엄마 방에 들어가 키보드 앞에 앉아 얼른 리포트 용지를 펼치고서 가슴속의 영문 모를 것을 토해내려고 맹렬하게 쓰기 시작했다. 토해내지 않으면 질식할 것 같았다. 페이지를 한 장씩 넘기며 일사불란하게 써내려갔다.

—엄마는 왜 나를 두고 강물에 들어갔을까? 왜 나와 사는 게 아니라 이름도 모르는 그 아이를 돕는 걸 선택했을까? 왜 나는, 외톨이인가? 왜, 왜, 왜….

용지가 바닥나자 포스트잇까지 붙여 길고 긴 가사를 썼다. 용솟음치는 음계를 한없이 길게 기보했다. 글과 음이 되지 못하는 것은 그림으로 토해냈다. 온갖 종류의 회오리였다. 강 표면에 생긴 소용돌이 같기도 하고, 모든 것을 집어삼키는 블랙홀 같기도 하고, 머리 꼭대기에 뚫린 구멍 같기도 했다. 방바닥은 가사와 그림과 악보가 뒤섞인 종이쪽지로 채워졌다.

그런데 갑자기.

"……!!"

퍼뜩 정신을 차리고 연필을 멈췄다. 바로 지금, 계속 써낸 말들과 그림, 음계의 무가치함, 무의미함, 추함, 한심함을 깨닫고 말았다.

무슨 짓을 하고 있지? 너무나 끔찍했다.

종이를 갈가리 찢었다. 지금까지 쓴 모든 것을 낡은 철제 쓰레기통에 주저 없이 버렸다. 그 종이 다발이 막 토해낸 토사물로 보였다.

고등학생이 되었다.

이제는 자신이 무가치하다고 생각했다. 교복 넥타이가 너무 숨 막혔다. 고개를 숙이고 잠수교를 건너 등교했다.

시내 중심에 있는 중고등학교에 시험을 쳐서 합격해 고등학교부터 편입했다. 그곳에서 소꿉친구였던 시노부와 재회했다.

"스즈."

"시노부…."

고등학생이 된 지금, 시노부는 초등학교 때와는 완전히

달라졌다. 키도 컸고 빛나 보였다. 한편 나로 말할 것 같으면 그때와 비교해 전혀 성장하지 않은 것 같아 너무 부끄러워 제대로 말을 할 수 없었다. 도대체 지금까지 뭘 하고 살았나?

산속 오지에서 시내로 다니는 새로운 생활이 시작되었으나 도무지 공부에 집중하지 못했다. 애써 시험까지 쳐서 들어왔는데 수업 중에 멀거니 창 밖을 보고 말았다. 이래선 안 된다는 것을 알면서도.

동아리에는 들어가지 않았다. 그런 학생은 극히 소수였다.

돌아오는 길, 동아리 활동에 몰두한 학생들을 본다. 육상부가 중정에서 줄을 맞춰 장애물을 넘고 있다. 배구부는 운동장을 달린다. 귀에 메트로놈을 낀 관현악 합주부의 타악기 담당이 복도에서 스틱을 두드리고 있다. 검도부는 검도장에 반듯하게 앉아 잘 부탁한다며 연습 전 인사를 나누고 있다. 또 등 번호도 없는 야구부 1학년 학생들은 정렬해 서서 선배들의 연습을 뚫어지게 지켜보고 있다.

어디에도 속하지 못한 나는 잰걸음으로 학교를 떠났다.

이미 겨울이다.

시내 중심을 동서로 흐르는 가가미가와라는 강이 있다. 느리게 흐를 때가 많아서 건너편의 TV 송신탑과 빌딩을 거울처럼 비추고 있다. 그 옆길을 지나 역으로 간다.

"까르르…"

악기 케이스를 멘 경음악부 여학생들이 웃으면서 가벼운 발걸음으로 앞질렀다. 책가방에 달린 고양이 모양의 귀여운 인형이 흔들리고 있다. 내 책가방에 붙어 있는 것은 '꾹 참아 마루'라는 싸구려 플라스틱 플레이트였다. '꾹 참아 마루'는 벽에 손을 대고 괴로움을 참는 달걀 형태의 캐릭터이다. 너무 견뎠는지 머리에 금이 가 있다. 물론 귀엽지도 않다.

"나는 안 돼! 정말 아니야!"

"왜? 어때서?"

어둡고 좁은 복도에서 저항해봤으나 방으로 끌려가고 말았다. 뒤에서 방음문이 쾅 닫혔다.

"앗!"

핑크와 퍼플 조명이 요란하게 회전하고 있는 화려한 노래방의 화려한 실내였다. 향긋한 냄새가 난다. 같은 반 여학생끼리만 모이는 친목회라고 들었는데, 소파 위에 서서 고개를 흔드는 광란의 여학생들을 보니 저 분위기에는 절대 끼지 못하겠다는 생각이 들었다.

"페기 수 너무 귀여워!"

“이거 『U』에서 유행하는 거지?”

벽 모니터 화면에는 『U』의 인기 As, 페기 수가 몸에 꽉 끼는 검은색 고무 드레스를 입고서 노래하는 모습이 나오고 있다. 찰랑이는 은발, 보랏빛 입술과 빨간 눈동자의 괴짜 미녀.

페기 수? 『U』? As? 유행? 하나도 모르겠다. 마치 자신과는 다른 세상의 일 같다. 그때였다.

“자!”

느닷없이 마이크가 코앞에 나타났다. 노래하라는 듯.

“어?”

당황했다. 코트도, 머플러도 아직 벗지 못했는데.

“자, 어서!”

다시 마이크를 내밀었다. 나처럼 반 구석에 처박혀 있는 아이에게 왜?

“돌아가면서 노래해?”

“응, 노래해.”

여학생들이 여러 개의 마이크를 내밀었다. 왜 이러지?

“혼자만 안 부를 거야?”

“노래 못 한다는 거, 거짓말이지?”

그런 거였나?

수십 개의 마이크가 차례로 내 얼굴 앞에 나타났다.

"으아아아, 아아아악."

힘들어, 그만해! 그렇게 말하고 싶었으나 말이 나오지 않는다.

"노래해봐."

"응, 노래해."

"노래해."

그들의 목소리가 협박처럼 들린다.

"노래하라고 했잖아."

"노래해!"

"노래하라고!!"

으아아악!

참지 못하고 소리를 질렀다.

그 순간 마이크가 떨어지며 바닥에 흩어졌다.

소파 위에서 춤추던 여학생들이 놀란 얼굴로 이쪽을 봤다. 당황한 듯 조용해졌다.

"스즈, 왜 그래?"

마이크도, 여학생들도 신기루처럼 사라지고 없다.

"아, 아무것도 아니야. 미안해. 잠깐만…."

말을 다 끝맺지도 못하고서 노래방 문을 힘껏 열고 기어 도망치듯 밖으로 나왔다.

노래할 수 없다는 얘기를 누군가가 듣고 다른 애들에게 전했을지 모른다.

버스에서 내리자 가랑눈이 흩날리고 있다.

정류장에서 시작된 언덕을 내려가다가 미끄러질 뻔했다. 시내뿐만 아니라 산간까지 고치에서는 늘 눈이 내린다.

잠수교를 건너는데 쩍, 얇은 얼음 깨지는 소리가 났다. 콘크리트 다리 표면이 얼었다.

춥다.

모두와 친해질 만큼 싹싹하지도 않고 그렇다고 설명도 제대로 못 한다. 그렇다고 혼자서도 잘 지낼 만큼 강하지도 못하고 각오도 없고 달관한 것도 아니다.

내가 제멋대로 구는 게 아니야. 노래할 수 없다는 소문, 그거 다 거짓말이야. 옛날부터 조금 자신이 없을 뿐이야. 모두와 친해지고 싶어. 정말이야. 알아. 물론 알지. 그래서….

"아… 아…."

다리 한가운데에서 충동적으로 목소리를 토해냈다.

"아아아… 아… 아아아."

숨을 들이켜자 차가운 공기가 목구멍에 스며든다. 그래도 강에 대고 노래했다.

"아…… 아…… 아아아아아…… 아……."

노래했나?

노래는 전혀 아니었다. 단순한 신음이다. 가방이 어깨에서 미끄러져 떨어졌다. 노래하면 나를 받아줄까? 노래하면 모두와 친해질까? 이런 곳에서 혼자 노래한다고 해결되는 것은 하나도 없다. 짓눌려 쓰러지기 직전의 단말마 외침 같다. 그래도 엄마와 같이 노래한 그 곡을 목소리를 짜내 불렀다. 그때에는 행복했다. 지금은 다르다. 흘러가는 강물에 가랑눈이 뒤섞인다. 갑자기 눈앞이 캄캄해졌다.

위에서 욕지기가 올라와 순식간에 두 손으로 입을 막았다.

"우웨에엑…!!"

무릎을 꿇고 웅크린다. 하지만 역류한 위액을 이길 방법은 없다. 다리 밑의 맑은 물로 몸을 내밀고 토했다.

토사물이 수면에 툭툭 떨어져 여러 파문을 만들었다.

위 속 내용물을 다 토해내고 그대로 다리 위에 쓰러졌다.

머리카락은 헝클어지고 입안은 위액 때문에 냄새가 지독하다. 너무 힘들다. 다 없어졌으면 좋겠다. 몸을 떨면서 신음하듯 울었다. 눈물이 차가운 뺨에서 얼어붙어 찌릿찌릿 아팠다. 나 같은 거 사라졌으면 좋겠다. 가랑눈이 조용히 쌓이는 소리가 바로 옆에서 들렸다.

그때 틱톡, 소리가 났다.

가방에서 비어져 나온 스마트폰에 알림 문자가 떠 있다.

히로의 메시지다.

《이거 좀 봐, 스즈. 아주 굉장해. 정말 웃긴다니까.》

링크 하나가 첨부되어 있다.

「U」

집으로 돌아와 맥북을 열었다.

추위에 떨면서 히로가 보낸 링크를 클릭했다.

위이이잉… 하는 파동 같은 소리와 함께 시커먼 화면에 『U』라는 문자가 천천히 떠오른다.

"…『U』?"

토사물이 튀어 엉망인 내 얼굴이 모니터 빛을 받고 있다.

초대장 페이지가 나오고 메시지가 흐른다.

『U』는 또 하나의 현실

As는 또 다른 당신

현실은 바꿀 수 없다.

하지만 『U』에서는 바꿀 수 있다.

자, 또 다른 당신을 만들자.

자, 새로운 인생을 시작하자.

자, 세상을 바꾸자….

용과 주근깨 공주

"······!!"

추위도 잊고 정신없이 빠져들었다.

옆에 놓인 스마트폰이 연동해 자동으로 앱이 켜졌다.

맥북 모니터에 등록 화면이 나타났다. 「NAME」이라는 글자가 나왔다.

"이름…?"

망설여졌다. 거부감이 들었다. 하지만 그런 마음과는 달리 키보드로 손이 갔다.

S, u, z···.

더듬더듬 친다.

u.

그 순간 강력한 불안이 일었다. 충동적으로 삭제 키를 두드려 지우고, 열린 문을 닫듯 맥북을 닫았다.

"······."

몸을 웅크리고 떨면서 한숨을 쉬었다.

"나는 루카 옆자리."

중정 벤치에 루카가 있다.

여학생들이 몸을 붙이고 루카를 둘러싸고 있다. 곧 1학년이 끝나니까 기념으로 다정하게 모여 단체 사진을 찍으려는 것 같다.

"루카 옆에 앉을래!"

"에이, 너무해!"

"루카 옆이 좋아!"

필로티 기둥 뒤에서 반짝이는 루카의 모습을 동경하듯 바라보고 있다. 루카와 함께 사진을 찍을 수 있는 저 애들이 너무 부러웠다.

"루카, 여기 봐. 찍는다!"

카메라를 든 여학생이 재촉하자 루카가 앞을 봤다. 그러다가 문득 알아차린 듯 이쪽을 보며 손을 크게 흔들었다.

"아, 스즈!"

"어?"

놀란 내게 루카가 손짓했다.

"스즈도 와!"

여학생들이 일제히 나를 봤다. 왜? 라고 얼굴에 적혀 있다. 서둘러 기둥 뒤로 숨었다가 조금 있다가 얼굴만 쏙 내밀고 손바닥을 들었다.

"아, 나는, 괜찮아."

하지만 루카는 계속 손짓했다.

"빨리 와!"

나중에 사진이 내 스마트폰에 전송되었다.

용과 주근깨 공주

루카를 중심으로 귀엽게 V 사인을 그리고 있는 여학생들의 단체 사진.

그들에 섞여 주근깨투성이의 내 얼굴이 있다. 루카 바로 뒷자리. 무슨 유령처럼 어색하게 V를 그리고 있다.

다시 『U』에 등록을 시도하려는데 얼굴 사진이 필요했다. 자신의 얼굴 사진 같은 것은 없다. 굳이 카메라를 자신에게 들이밀 일도 없다.

그래서 그 사진을 등록용으로 썼다.

얼굴 인식 마커가 전원에게 표시된다. 누가 당신입니까? 그렇게 묻는다. 커서를 움직여 루카의 뒤에 있는 주근깨 얼굴을 선택했다.

《신규 As를 A.I.가 자동 생성하고 있습니다…》

문자가 뜨면서 함께 《As란》이라는 주석이 나왔다. 《『U』에서의 아바타를 가리키는 호칭으로 또 다른 당신입니다.》

또 다른, 당신.

곧 완성된 As가 나타났다.

"아니…?"

나와는 너무나 동떨어진, 소름 돋을 정도의 미인 As였다. 내가 아니라 오히려 루카를 더 닮은 것 같다.

"루카? 왜…?"

A.I.가 내 바로 앞에 찍힌 루카와 혼동했나? 그렇다면 정

말 한심한 인공지능이네. 잘못됐으니 수정해야 한다. 바로 돌아가기 버튼을 열심히 눌렀다.

"아니야. 돌아가, 돌아가라고! 취소…."

그런데 갑자기 버튼을 누르던 손길을 멈췄다.

As의 두 뺨에 붉은 반점 같은 모양이 뚜렷이 그려져 있다.

"주근깨…?"

절로 자신의 뺨에 손을 댔다. 내 *주근깨*가 아닌가?

"혹시 나…?"

등록 화면의 「NAME」 칸에 천천히 한 글자씩 쳤다. 이번에는 「Suzu」가 아니다.

「B」 「e」 「l」 「l」.

「Bell」=「스즈」. 방울이라는 이름의 뜻을 영어로 바꾼 것이다.

"…벨."

이름을 정하자 갑자기 눈앞의 As가 사랑스럽게 보인다.

화면에 '취소'와 '오케이' 버튼이 나타나 선택을 요구했다.

"어쩌지…?"

이런 미인 As를 나로 삼을 만한 배짱이 없다. 아무래도 찜찜했다.

한편으로 현실의 나와 동떨어져도 괜찮지 않을까 하는 생각도 든다. 오히려 동떨어진 게 인터넷 세계 아닌가. SNS에서 요란한 이름이나 아이콘을 다는 예는 얼마든지 있다. 『U』는 가상 세계이고 As는 가상 인격이다. 사생활은 엄격하게 지켜지고 엄밀한 익명성의 보장도 소리 높여 주장하고 있다. 그렇다면 누군가의 비난을 받을 일도 없다.

그렇다면… 괜찮을 것 같다가도 다음 순간에는 망설여졌다.

애당초 『U』의 A.I.는 왜 이런 미녀 As를 자동 생성했을까? 불확실성이 만들어낸 우연에 불과한가? 아니면 내 마음속 깊은 곳의 진정한 욕망을 간파했나? 그것도 아니면….

'취소할까, 오케이를 누를까?'

선택할 때다.

책상 스탠드만 켜진 심야의 공부방. 맥북 화면 앞에서 마음을 다지고 천천히 숨을 들이켜 호흡을 가다듬었다.

─자, 또 다른 당신으로 사세요….

머릿속으로 『U』의 메시지를 되새겼다.

딸깍.

오케이를 클릭했다.

그 순간, 마치 준비라도 하고 있었던 듯 스마트폰의 『U』

앱이 자동으로 켜졌다. 차분한 목소리의 안내가 들려왔다.

"디바이스를 장착해주세요."

나온 화면에 따라 케이스에서 이어폰형 디바이스를 꺼내 귀에 장착했다.

"당신의 생체 정보를 읽어들이겠습니다…."

디바이스에 있는 『U』글자가 파랗게 흔들리듯 빛난다. 귀에 낀 디바이스 하나만 있으면 생물로서의 인간인 내 모든 정보를 전부 스캔할 수 있는 모양이다. 그것도 아주 짧은 시간에.

'완료'라는 안내가 떴다.

이후 확인이라도 하듯 다음 절차가 이어졌다.

"보디 셰어링을 하겠습니다."

위이이잉, 뭔가 고속으로 회전하는 듯한 소리가 난다. 머리 주위를 밀도 높은 공기가 덮은 느낌이다. 디바이스가 전하는 강력한 자장이 일으킨 것인 듯, 그 영향 탓에 마치 무중력 공간에 있는 것처럼 머리가 쓱 올라갔다.

"제일 먼저 시각을 제어하겠습니다."

자장의 감촉이 후두부에 집중된 듯하다.

천천히 실눈을 떴다.

"…아아아…!!"

눈부신 하얀 빛이 눈으로 들어왔다.

천이다.

10미터는 넘을 법한 하얀 천이 겹겹이 펄럭펄럭 바람에 부풀어 펄럭이고 있다.

자신의 몸을 확인하려고 보다가 깜짝 놀랐다.

발이 공중에 떠 있다.

마치 천국의 계시처럼 안내 목소리가 울리며 들려온다.

"다른 인지 기능 및 팔다리의 심부 감각을 제어하겠습니다."

이게 뭐지? 너무나 비현실적인 공간이라 말이 제대로 나오지 않았다. 온몸에서 땀이 샘솟고 심장이 콩닥콩닥 빠르게 뛴다.

"당신이 등록한 As로 신체 주체 의식과 소유 의식을 이동시킵니다."

뒤에서 뭔가가 천천히 다가왔다.

핑크색 머리. 조금 전 등록한 As의 '그림자'였다. 그런데 얼굴이 없어서 아무것도 담지 않은 접시처럼 하얗다.

"……!!"

넋을 놓은 채 그저 멀거니 있는 나와 그 얼굴 없는… As의 '그림자'가 겹쳐진다. 자신 안에 다른 신체가 들어오는 것 같은 느낌이 기분 나쁘다. As의 그림자는 초점을 맞추듯 위치를 앞뒤로 옮겨가며 미세하게 조정하더니 곧 딱 들어맞았다. 그 순간 조금 전까지의 불쾌감이 감쪽같이 사라졌다.

펄럭이는 하얀 천 너머로 커다란 하얀 문이 보였다.

천천히 다가가며 두 손을 뻗는다.

안내 방송이 들린다.

"『U』의 세계에, 어서 오세요!"

두 손을 문에 대고 힘껏 열었다.

쿵, 밖으로 튀어나오자 시야를 가득 메운 고층 빌딩들이 솟아 있다.

"아…!"

입체적으로 교차하는 활기찬 대로에서는 수많은 사람—인간이 아니라 As—이 공중에 뜬 채 오가고 있다. 동물과 곤충, 해양 생물을 닮은 As, 꽃병이나 삼각자, 자전거를 본뜬 As, 허구 이야기 속에나 나올 법한 반인반수와 여신, 전사를 닮은 As… 그 밖에도 상상력이 닿는 한도 안의 온갖 모습을 한 As들이 목청을 높여 떠들면서 돌아다니고 있다.

밤하늘을 올려다보니 하늘을 가득 메우고 반짝이는 별…이 아니라 거꾸로 매달린 고층 빌딩이 발하는 무수한 창문 불빛이 반짝인다.

또 다른 현실. 또 다른 세계.

용과 주근깨 공주

이곳이 『U』인가?

가랑눈이 날리고 있다. 조금 춥다.

손바닥으로 가랑눈을 잡으려 두 손을 펼쳤을 때 가늘고 긴 손가락이 눈에 들어왔다.

"……!"

다른 신체 감각에 놀라 자신의 몸을 확인하듯 봤다.

가는 몸과 긴 다리가 새로 지은 듯한 하얀 드레스에 감싸여 있다.

이게, 나야?

―자, 또 다른 당신으로 사세요….

『U』의 메시지가 머릿속에서 재생되었다.

"……!!"

바로 그때, 여러 시선을 느끼고 깜짝 놀라 앞을 봤다.

북적이는 인파 가운데 몇몇 As들이 이쪽을 보고 있다. 하지만 슬쩍 보고는 그냥 가버렸다. 너는 뭐, 좀 아름다운 부류에 속할지 모르겠으나, 하지만 이곳은 『U』야. 그 정도는 그리 드물지도 않아. 마치 그렇게 말하는 듯하다.

마침 잘됐다. 아무도 돌아보지 않는다. 그렇다면 내내 해보고 싶었던 일을 해볼 수 있겠다.

고개를 들고 크게 숨을 들이켠 다음 시험 삼아 목소리를 내봤다.

"―."

틀림없는 내 목소리였다. 생각보다 훨씬 편안하게 나온다. 다음은 스트레칭 삼아 콧구멍을 울려 콧노래를 해봤다. 상상보다 부드럽게 나온다. 몸이 가상이라 최적으로 보정되었나? 그렇다고 자신의 의식과 너무 동떨어진 음이 나오는 것 같지는 않다. 스캔한 생체 정보가 정확한 덕분일까?

어쨌든.

"노래할 수 있어…!"

놀라운 상황이 믿어지지 않는다.

가랑눈이 환상적으로 흩날리는 가운데, 내 목소리가 고층 빌딩들에 수없이 부딪쳐서 울린다.

제대로 노래한 게 몇 년 만인가? 공백기도 있고 준비 연습도 하지 않았는데 머릿속에 떠올린 대로 그냥 목소리가 나오는 게 너무나 신기했다. 엄청난 자유를 손에 넣은 듯한 느낌도 들면서 한편으로는 조금 두렵기도 하다. 생체 정보가 어떻게 변환되었기에 이런 결과물이 나오나? As란 도대체 뭘까?

"아아, 드디어 노래할 수 있구나…!!"

무엇보다도 이것만은 뭐라 표현할 수 없을 만큼 기뻤다.

더 집중해 가사가 제대로 있는 노래를 완벽하게 불러보기로 했다. 물론 반주는 없었으나 상관할 바 없다.

노래여, 나를 이끌어줘

이런 작은 멜로디가

뚫고 가는 세계를 보고 싶어

매일 아침 일어나 찾아

당신이 없는 미래는

상상하고 싶지 않아. 싫어

노래하는 내 주위를 온갖 언어로 번역된 가사가 여러 개의 띠를 이루며 둘러싼다. 게일어, 태국어, 페르시아어… 모든 언어가 겹쳐진다. 노래를 감지하면 별다른 설정 없이도 자동으로 표시되나? 게다가 종류는 얼마 되지 않지만, 몇 가지 언어로 노래하는 합성 음성도 얼핏 들려온다.

"응…?"

그 덕분인지 무시하던 As들이 휙 고개를 돌려 이쪽을 봤다.

"아…?"

빌딩가의 수많은 As가 차례로 공중에서 멈추더니 나를 본다. 그럴 마음은 없었다. 보디 셰어링이라는 기술이 어느 정도인지 확인하려 했을 뿐이다. 그런데 생각보다 많은 As가 모여들어 듣는 상황이 되었다. 마치 가상 세계의 길거리

뮤지션처럼 보여서 부끄러웠다. 하지만 중간에 멈출 수는 없는 노릇이다. 마지막까지 부르자, 나를 위해. 그렇게 생각하고 계속했다.

> *하지만 이제는 없네. 정답은 몰라*
> *나 말고는 다 잘 지내는 것 같아*
> *그래도 내일은 오겠지? 노래여, 나를 이끌어줘*

> *정말 싫어져. 다들 행복해? 사랑하는 사람은 있어?*
> *이렇게 혼자 있으면 불안해져*

> *노래여, 나를 이끌어줘*
> *어떤 일이 일어나더라도 좋아*

> *노래여, 곁에 있어줘*
> *사랑이여, 내게 와줘*

듣고 있던 As들이 감상을 적은 말풍선을 차례로 띄웠다. 《이거 뭐야?》《누가 부르는 거야?》《신기한 노래네.》 처음에는 상황을 살피는 듯 신중한 내용이었다. 하지만 점차 배려라는 게 사라진다.

《시끄럽네.》《이상한 노래야.》《잘난 체하기는.》

이상하게도 그런 말은 할 것 같지도 않은 귀여운 외모의 As들이 요란을 떤다. 프릴이 왕창 달린 분홍색 드레스를 입었거나, 작은 동물이거나, 곰 인형을 안은 아이이거나.

《외모는 나쁘지 않은데.》《뭐야? 저 주근깨 얼굴은? (웃음)》

다양한 댓글이 노래하는 동안 날아다닌다. 신경 쓰지 않는다. 오직 나만을 위해 노래한다. 그런데도 던져지는 말들에 상처를 입는다. 그런 발언은 극히 소수의 행위라는 사실은 나도 안다. 하지만 괴롭다. 그런 마음이 얼굴에 드러났을지도 모른다. 말들은 더 심해졌다.

《기분 나빠.》《그만해!》《그만하라고!》

좌절하기 직전에 간신히 노래를 끝냈다.

요란을 떨던 As들은 한심하다는 듯 한숨을 내쉬거나 콧방귀를 뀌고 사라졌다.

낙담한 채 그들이 떠나는 모습을 지켜볼 수밖에 없었다.

"벨!"

그때 누가 이름을 불러 위를 올려다봤다.

"…아."

뭔가가 미끄러지듯 다가온다.

"어? …아."

반짝반짝 빛나는 가루를 날리며 아래쪽으로 빙글빙글 돌면서 내려오더니 내 손 위에서 천천히 움직임을 멈췄다.

하얀 요정 같은, 천사 같은, 투명한 연체동물인 클리오네 같기도 한, 불가사의한 As였다.

자세히 보니 고사리 전분으로 만든 와라비모치처럼 섬세하고 투명했다. 두 날개를 살랑살랑 흔들면서 조금 더듬거리며 말했다.

"너는, 멋져. 너는, 예뻐."

그렇게 말해주니 구원받은 느낌이 들었다.

"…호호호. 고마워."

눈을 뜨니 아침이었다.

어느새 침대에 엎어져 있다.

어젯밤 일은 꿈일까? 그래도 생생한 느낌이 고스란히 남아 있다. 확인하려고 바로 앞의 스마트폰을 봤다.

직접 만든 벨의 프로필 페이지가 있다.

꿈이 아니었구나.

벨 아이콘 밑을 보니 팔로워 수를 표시하는 칸이 있다.

《Bell 0 followers》

숫자는 제로.

"팔로워가 없다니…."

화면을 보면서 중얼거렸다. "세상, 하나도 안 변하네."

딱히 뭘 원한 것도 아닌데 낙담하고 만다.

그때 틱톡 알림 소리가 났다.

보고 있는 사이에 팔로워 수가 '1'이 되었다. 그 천사 As다. 댓글 풍선이 뜬다. 아무것도 적지 않은 공백이었지만.

스마트폰을 내려놓고 침대 위에 벌러덩 누워 어젯밤 일을 곱씹었다. 뜻밖의 일이 많았다. 하지만….

"하지만 그래도 노래했다…."

무엇보다도 그것 때문에 가슴이 후련했다. 겨울 아침 햇살이 평소보다 눈부시게 보였다. 이런 개운한 기분은, 정말 오랜만이다.

이어서 두 번째 팔로워 알림이 떴다. 히로였다. 둥근 모자를 쓴 새의 모습을 한 귀여운 As다.

「Re: 처음 뵙겠습니다!」라는 인사말에 이런 댓글이 달렸다.

《히로입니다. 스즈(Bell)는 최고. 나, 뭐든 할게.》

변
화

『U』에 벨을 등록한 뒤로 큰 변화가 있었냐 하면, 그렇지도 않았다. 팔로워도 특별히 늘어나지 않았다. 며칠마다 팔로워 알림이 오긴 했으나 확인하지도 않고 그대로 방치했다. 가상 세계에 신경을 쓸 틈이 없을 만큼, 고민할 일 없는 평화로운 일상을 즐기고 만족하며 지냈다.

봄이 되었다.

아침, 잠수교를 건넌다. 전처럼 땅만 보지 않는다. 앞을 보고 성큼성큼 걷고 있다. 책가방에 매단 '꾹 참아 마루' 플레이트도 덩달아 통통 튀며 흔들리고 있다. 자신도 너무 폴짝폴짝 걷는 게 아닐까 싶을 정도로 발걸음이 가볍다. 뭐라 표현할 수 없을 만큼 개운하고 좋다. 『U』에서 노래할 수 있다는 것만으로도 이렇게 기분이 바뀔 줄이야. 자신도 놀라웠다.

요즘 들어서야 드디어 평범한 고등학생이 된 것 같다.

2학년이 되었다. 칠판을 똑바로 보고 신나게 수업을 들

　　　　　　　　　　　용과 주근깨 공주

는다. 점심시간에는 히로와 만나 매점으로 달려가서 학생들로 북적이는 빵 판매대에서 온갖 종류의 채소빵을 고르고 또 고른다. 교실로 돌아와 사 온 빵을 먹을 때 히로는 요즘 읽은 책의 감상을 쏟아낸다. 인류사의 개관과 몇몇 중요한 전환점에 대해. 자유 경쟁과 평등의 모순에 대해. 과학 발전과 인간 정신의 부조화에 대해. 기타 등등.

수업이 끝나고 좋아하는 밴드의 신곡을 이어폰으로 들으면서 터덜터덜 혼자 하굣길에 오른다. 가보고 싶었던 디저트 가게에서 아이스크림을 먹는다. 교회 앞 양지에 드러누워 있는 하얀 고양이를 쭈그리고 앉아 쓰다듬는다. 저녁노을을 바라보며 강변 길을 걷는다.

밤, 느긋하게 목욕하고 휴식을 취한다. 머리를 말리고 잠옷으로 갈아입은 다음 오늘 수업 노트를 정리하고 내일 공부를 예습한다.

아무 일도 없는 일상이 지나가고 있었다.

어느새 초여름이 되었다.

햇빛을 눈부시게 반사하는 운동장을 달리고 있다. 체육수업. 힘들어! 더워! 토할 것 같아! 다들 그런 말을 내뱉으며 축 늘어져 달리고 있다. 그러나 나는 너무 즐거웠다. 체육 시간은 늘 우울했는데 지금은 아니다. 마음이 가벼워 한없이 뛸 수 있을 것 같다.

기분 좋게 땀을 흘리고 교실로 돌아와 체육복에서 교복으로 갈아입었다. 수업은 끝났다. 방과 후, 오늘은 어딜 들렀다 돌아갈까? 기분 좋은 바람이 커튼을 흔든다. 넥타이를 매고 체육복을 가방에 넣은 다음 스마트폰을 봤다. 벨의 팔로워 알림이 왔다. 별다른 생각 없이 『U』앱을 열었다.

《Bell 32460428 followers》라고 떠 있다.

"어…?"

이거 뭐야?

팔로워 수, 3천만 이상.

게다가 보고 있는 동안에도 엄청난 속도로 늘어나고 있다.

아니, 왜?

가랑눈이 흩날렸던 날 밤, 벨이 아카펠라로 노래하는 동영상이 단시간에 전 세계에서 엄청나게 재생되었다. 게다가 그것과 함께 관련 동영상이 올라왔다.

"관련 동영상이라니…?"

벨의 단순한 아카펠라에 멋대로 음을 붙이고 코드를 조정해 매끈한 팝으로 완성한 동영상이다. 이런 짓을 한 사람이 누굴까? 그런 생각을 하고 있는데 이번에는 누군가가 장난삼아 벨의 목소리를 보이스 코더로를 이용해 로봇

용과 주근깨 공주

으로 바꿨다. 앗 소리를 낼 틈도 없이 이번에는 전과는 딴 판으로 너무나 품격 높은 재즈 밴드 반주로 변했다. 이어서 거친 남성 느낌의 중후한 록 밴드 사운드로 바뀌었다. 왜, 도대체 왜? 눈을 부릅뜨고 지켜보니 다양한 장르의 편곡이 휙휙 지나간다. 힙합, 현악 4중주, 레게, 민요, 보사노바, EDM… 모든 음악 장르를 가로지르며 고도의 악기 연주 기술을 구사해 벨의 노래를 만져댔다. 그것이 모여 공동 작업처럼 하나의 이미지로 모이기 시작한다. 나아가 오케스트라 반주의 장대한 오페라 조곡처럼 변했다.

그것만이 아니다.

단조로운 하얀색의 긴 드레스를 입은 벨에게 실로 다양한 의상이 입혀져 곳곳으로 퍼져 나갔다. 옷을 갈아입을 때마다 벨의 인상이 확연히 달라졌다. 팝 아이돌, 오페라 가수, 90년대 그런지, 스포티, 20년대 플래퍼, 매니시 스타일, 파워드 슈트, 사이버 고스, 라이더, 작업복, 특공대, 사이클링, UFC 격투, 블레이드 러너 스타일의 비닐, 모던 기모노, 배구 유니폼… 등등 손에 꼽을 수도 없다.

『U』에 거주하는 무수한 As가 전 세계에서 댓글 풍선을 달았다.

《이게 뭐야, 굉장해!》《들어본 적 없는 노래야.》《편곡 놀이가 지나치네.》《정말 노래 잘한다!》《개성적인 미인.》《이 노래 무슨 노래야?》《검색해도 안 나와!》《패션 세계 좀 봐. 엄청나.》《궁금해서 미치겠어.》《누가 벨인지 좀 알려줘!》

댓글이 늘어날수록 팔로워 수도 시시각각 늘었다.

《Bell 38641027 followers》

극적이라 할 만큼 벨이 퍼져 나가고 있다.

그러자 그런 흐름을 막으려는 듯 『U』의 인기 As 폐기 수가 고급스러운 소파에 앉아 하급생을 깔보듯 여유로운 표정으로 말했다.

"벨? 아아, 조금 들어보기는 했는데 그런 애는 전혀 대단할 게 없어. 안 그래?"

벨에게 비판적인 As들이 이 인터뷰 영상에 동조하며 갑자기 활기를 띤다.

《맞아, 맞아!》《거슬려.》《미인이라니, 과장이 심하군.》《섹시함을 앞세워 인기를 얻고 싶어?》《천박해.》

인터넷의 전형적인 험담에서 시작해 댓글이 속속 달리며 분위기가 뜨거워졌다.

《기본적인 작곡법도 몰라.》《백 퍼센트 편곡 덕분이야.》《노래와 의상이 어울리지 않아.》《가사도 너무 개인적이야.》

비판적인 As들은 『U』에 갓 나타난 벨을 두들겨 패기 시작했다.

용과 주근깨 공주

《작가성을 어필하고 싶은 거야?》《다른 사람에게 맡겨놓고 노력도 안 하는 주제에.》

악플이 화면을 가득 메워 이제는 벨의 동영상이 보이지 않을 정도로 늘어났다.

《음악을 가볍게 보지 마!》

악플러들은 한 목소리로 크게 외쳤다.

하지만 그것도 아주 사소한 사건에 불과했다.

『U』는 그들이 생각하는 것보다 훨씬 광대했다.

《하지만….》《왠지 이 노래, 맘에 들어.》《왜지?》《왜?》

『U』는 가짜 뉴스, 악의와 편견, 일부러 과민 반응하는 의견까지 사용자에 따라 좌우되지 않고 공평하게 의견을 볼 수 있도록, 기존 SNS 서비스에는 없는 독자적이고 강력한 검증 시스템을 갖추고 있었다. 그를 증명하듯 처음에 '비판적'으로 보였던 벨의 평가는 시간이 흐르면서 오히려 '긍정적'으로 바뀌었다.

《나를 위해 노래해주는 것 같아.》《내게만 노래해주는 것 같아.》《아니, 나를 위해.》《맞아! 나만을 위해.》《왜지?》《왜일까?》《어떻게?》

벨을 둘러싼 다양한 얘기들, 무수한 사진과 영상이 모자이크 조각처럼 한곳에 모여 여러 창이 조합되어 하나의 커다란 그림을 그려냈다.

변화

그것은 『U』에 모인 사람들이 자신들의 의식을 모아 총체적 이미지로 만들어낸 '벨'이라는 존재 자체였다.

등에 하얗고 커다란 날개를 펼치고 있다.

마치 『U』에 강림한 빛나는 천사처럼….

"……!!"

너무 엄청난 사건이 벌어져 눈을 부릅뜨고 있다가 몇 번 깜빡였다.

팔로워 수, 3860만 이상이라니….

얼굴 근육이 흠칫흠칫 떨린다.

그때였다.

"벨이라고 알아?"

그 목소리에 깜짝 놀라 교실 뒤를 봤다.

옷을 갈아입던 여학생들이 즐겁게 떠들고 있다.

"물론이지."

"그게 누군데?"

"『U』 얘기지?"

"엄청난 애가 나왔어…."

말도 안 돼! 실시간 반응이 여기까지 왔다. 가슴이 엄청나게 뛰었다. 어떤 표정을 지어야 할지 모르겠다. 몸을 낮추고 살금살금 교실을 나오려 했다. 그게 오히려 이상했을지 모른다. 양말을 신고 있던 여학생이 말을 걸었다.

"스즈?"

도망치듯 교실을 떠났다.

학교를 나와 오비야마치의 북적거리는 상점가를 정신없이 걸었다.

큰일 났네.

정말 큰일 났다고.

히로, 큰일 났다니까!

그저 조금 서두를 생각이었는데 마음이 너무 급해 뛰고 말았다. 혼자서는 도무지 받아들일 수 없었다. 히로의 집 앞까지 달려왔는데 너무 흥분해 지나치고 말았다. 돌아가 현관으로 뛰어든다.

"안녕하세요!"

여름에 어울리는 레이스 상의를 입은 히로의 어머니가 맞아주었다.

"어머, 스즈구나! 히로카 응접실에 있다."

히로의 집은 지역 은행가 가문이다. 시내 한복판의 오래된 단층집으로 일본식과 서양식 방이 여럿 있는 호화 저택에 산다. 마루가 깔린 긴 복도를 우당탕 달려 응접실로 뛰어들었다.

"히로! 큰일 났어!! 벨이…."

일본 전통 가옥 구조의 응접실은 히로의 일터이기도 하다. 낮은 테이블 위에 컴퓨터와 연결된 대형 멀티 모니터가 놓여 있고, 소파와 카펫 위에는 양장본으로 된 두꺼운 책과 화집이 빼곡하게 쌓여 있다.

"알아."

히로는 왕이나 앉을 법한 가죽 의자를 획 돌려 이쪽을 바라봤다.

"지금 『U』의 뮤직 글로벌 바이럴 차트에 진입했어. 예상대로."

"그게 아니야! 믿기지 않을 정도로 욕을 먹고 있다고!!"

가와다 쇼료의 병풍 앞에서 비명 같은 목소리로 호소했다.

나와는 대조적으로 냉정한 히로는 서브 모니터에 흐르는 SNS를 돌아본다.

"그것도 예상했던 바야. 기득권자들이 겁을 집어먹고 요란을 떠는 거지, 흥. 좋은 얘기만 듣는 놈들은 핵심 팬덤만 있다는 증거지. 속이 콩알만 하군. 『U』에서는 거짓 없는 찬반양론이 진짜를 단련시키지."

머리를 감싸 쥐고 고통에 몸부림친다.

"저, 절반이나 욕을 한다고?! 그럼 나 죽어! 죽는다고!! 죽어, 죽고 말 거야!!"

"나머지 반은 너를 좋게 평가하고 있다는 말이잖아. 자신 감을 가져!!"

허둥지둥하는 내게 히로가 일갈했다.

"좋게 평가받는 요인이 뭐라고 생각해?"

"…루카와 빼닮은 외모."

"그리고?"

"재밌게 편곡해준 사람들."

"또?"

"히로의 프로듀스. 의상이나 댄스나, 그리고…."

"아니야!! 그것만이 아니라고!!"

히로가 대형 모니터를 두드리며 보여준다.

"최대 요인은 이곳이 『U』라는 거야! 『U』의 보디 셰어링 기술은 그 사람의 숨은 재능을 모두 끌어내. 그렇지 않다면 너는 평생 노래도 못 하고 어린애처럼 훌쩍대다 끝났겠지. 아, 맞다. 이것 좀 봐."

히로는 자신의 스마트폰을 쑥 내밀었다.

화면에는 「Who is Bell?」이라는 글이 나와 있다.

"벨의 정체 차… 으악! 뭐? 정체 찾기?!"

"이 녀석들의 엉뚱한 추리에 내가 웃는다. 세계적인 유명인이 모두 거론되고 있어. 흐흐흐."

히로는 악마처럼 웃었다.

"웃을 일이 아니라고!"

"설마 진짜 벨이 이런 변경 오지 마을에 사는 시골뜨기 소녀일 거라고 누가 생각하겠냐. ㅎㅎㅎㅎ."

"헉…!"

온몸에 소름이 돋아 두 팔을 안았다.

"이렇게 말도 안 되게 재밌는 게임이 어디 있겠냐. 내 눈앞에 있는 주근깨투성이 한심한 여고생을 『U』의 대스타로 만들 수 있다니. 크하하하하."

세계적인 디자이너 As가 벨에게 의상을 가져와 갈아입힌다. 그것을 지시하는 둥근 모자의 히로 As가 히로의 움직임과 연동해서, 히로가 껄껄대고 웃었더니 히로의 As도 껄껄대고 웃는다.

"아, 막대한 수입이 생길 것 같은데 그건 걱정하지 마. 1달러도 남기지 않고 온갖 곳에 기부할 테니까."

다른 창에는 어린이 빈곤이나 아동 학대 등 다양한 사회 문제 기사가 올라가고 있다. 히로는 정말 1달러도 남기지 않을 것이다.

한 귀퉁이에 혼자서 아이를 키우는 아버지 기사가 보였다. 다정한 아버지와 나보다 어려 보이는 남자 형제 둘이 찍혀 있다. 나만 한 부모 가정의 아이는 아니다. 만약 벨이 성공하면 그들에게 어떤 형태로든 돈이 갈 수 있을까?

벨은 고래 콧등에 버티고 서서 압도적인 성량으로 노래
했다.

랄랄라
랄랄라
멈출 수 없어
사랑을 알고 싶다고
기도하는 주문
시간을 넘어
아침부터 밤까지

랄랄라
랄랄라
당신을 알고 싶어
하나도 놓치지 않고
시간은 아무도 기다려주지 않아.

잔혹한 운명이
저항할 수 없는 숙명이
생각할 틈도 없이
밀려오는 모래바람에

앞이 보이지 않더라도
당신을 믿고 싶어
두려움 없이 한 걸음 내디뎌

자!
모두 이리로
심장이 뛰는 곳으로 와요.

자!
발을 굴러
심장이 뛰는 곳으로 와요. 자.

자!
모두 이쪽으로
심장이 뛰는 곳으로 와요.

자!
발을 굴러
심장이 뛰는 곳으로 와요.

하늘을 나는 고래에 올라타

뒤집힌 세계에서 실컷 춤추자

"벨이다!" "벨!!"

As들은 그녀를 올려다보면서 저마다 그 이름을 불렀다.

《벨은 우리들의 새로운 디바.》《「Bell」보다 더 그녀와 어울리는 단어는 「Belle」이 아닐까?》《「Belle」이 뭔데?》《프랑스어로 '아름답다'는 뜻이야.》《다 완벽하다고는 할 수 없는 그녀에게 딱 맞네!》《이것저것 다 걷어치우고 「Belle」 최고다!》

수천만이나 되는 As의 환호성이 마천루에 울려 퍼진다.

"벨!" "벨!!" "벨!" "벨!!" "벨!!"

벨은 손을 가슴 앞에서 엇갈리게 교차했다가 확 펼쳤다.

동시에 그녀의 몸에서 그래픽 꽃들이 일제히 퍼져 나왔다. 꽃들은 유유히 헤엄치는 고래 위에서 거리로 흩뿌려졌다.

모든 사물과 현상, 모든 생명을 축복하듯 벨은 소리 높여 노래했다.

이토록 존재감이 커져버리면 비판적인 As들의 댓글도 힘을 쓰지 못하게 된다. 들려오는 것은 질투와 선망뿐이다.

《음악의 프로로서 용납할 수 없어.》《벨은 한심하고 교활해.》《너무 가볍고 요란해.》《왜 이렇게 주목받는지 이해를

못 하겠어.》

페기 수는 자신의 채널에서 은발을 마구 흔들며 분노를 쏟아냈다.

"농담해? 왜 저런 애가 나보다 위냐고?! 웃기고 있네!"

《페기 수다!》《이제 끝났네.》《한물간 사람.》《아직 있었어?》《할머니!》

신랄한 댓글이 쏟아져 창을 메웠다. 페기 수도 놀라 불어나는 댓글을 막으려 했다.

"아? 뭐라고? 야! 안 보여! 그만해! 악!!"

저항은 허무하게 끝나 순식간에 댓글에 묻히고 말았다.

"맘껏 질투해라, 우물 안 개구리야! 벨이 세상을 바꾼다!! 좀 더 소리쳐라! 다, 더!! 벨, 최고~!!"

히로 As는 의기양양하게 외치며 입안이 다 보일 정도로 폭소했다.

"카하하하하하하하!!"

그리고 현실의 히로도 대형 모니터 앞에서 폭소했다.

"카하하하하하하하!!"

"뭐가 그렇게 좋냐, 히로카!"

그때 히로의 뒤에서 팔짱을 낀 히로의 아버지가 호통을 쳤다.

"이 방 이제 못 쓴단다."

아버지 옆에서 당혹한 표정의 어머니가 한심하다는 듯 말했다.

낭랑한 여성 합창 소리가 학교 건물에 울려 퍼지고 있다. 내가 졸업한 이 초등학교는 폐교되고 말았다.

지금은 주차장으로 쓰이는 풀이 마구 자란 운동장에 차여러 대가 주차되어 있다. 현관의 아동용 신발장에는 아무것도 없다. 복도에는 회의용 긴 책상이 쌓여 있고 아이들이 그린 니요도가와 지도가 벽에서 떨어지려 하고 있다. 교실에서 책상은 이미 사라졌고 삼각자, 대형 모니터, 재해 방지용 헬멧 등이 아무렇게나 방치되어 있을 뿐이다. 칠판에 '졸업'이라는 글자가 그대로 남아 있어 시간이 멈춘 듯 보인다. 체육관에는 쓰지 않게 된 악기, 파이프 의자, 벤치 같은 것이 쌓여 창고로 변했다. 벽에 졸업생의 얼굴이 새겨진 목제 부조가 걸려 있다. 1990년대에 여러 명이었던 졸업생이 2010년 초반에는 두세 명, 그리고 한 명이 되더니(그 한 명이 나다) 이후 부조는 더는 없다.

그 체육관 무대 앞에서 여성 다섯이 노래하고 있다.

「Alle psallite cum luya(알렐루야, 소리 내어 찬양하자)」

Alle psallite cum luya

Alle concrepando psallite cum luya

Alle corde voto Deo toto, psallite cum luya

Alleluya

40대에서 70대의, 직업이나 살아온 인생도 제각각인 강인한 다섯 여성으로 구성된 합창 클럽. 통칭 '성가대'다. 체육관은 교회 못지않게 노랫소리를 천장에 울리고 있다.

"…후."

성가대원들은 노래를 끝내고 한숨을 내쉬더니 각자 악보를 검토하기 시작했다.

그러니까 연습 중이라는 말인데, 이날 우연히 시찰 나온 다른 지자체 사람들이 조심스럽게 손뼉을 쳤다. 마을 사무소에서 안내하러 나온 사람이 어색하게 설명했다.

"이렇게 폐교를 활용한 지역 활동에 나서고 있습니다. 다음으로 보실 곳은…."

견학 온 사람들을 출구로 데려가려 했다.

홀치기염색 원피스를 입은 기타 씨는 그들이 나가는 모습을 지켜보고는 분위기를 바꾸려는 듯 부채를 펄럭거렸다.

"한여름에 크리스마스 콘서트 연습이라니, 기분이 영 안나네."

용과 주근깨 공주

이런 말을 하니까 태평하게 들릴지 모르겠지만, 얼마 전 막 여름 단독 콘서트를 끝낸데다 곧 음악제에도 참가해야 하고 복지 시설을 찾아 라이브를 하는 등 의외로 매달 일정이 빼곡했다. 다들 직업이 있는데 그런 일정을 다 소화한 다음의 단독 공연 일정이 연말이라는 뜻이다.

엄마도 성가대였다. 엄마가 세상을 떠난 후 내가 대신 들어왔다. 성가대원이라 해도 나를 배려한 이들이 매번 연습 때 불러주는 것일 뿐이다. 노래하지 못하니 이들의 연습을 기둥 뒤에서 내내 숨어 들으면서 소리가 되지 못하는 목소리로 조용히 입만 벙긋거리며 시간을 보냈다. 그것이 어릴 때부터 이어진 내 '성가대' 참여 방식이다. 오늘도 마림바 밑에 숨어 몰래 소곤소곤 목소리를 맞춰 노래했다.

"스즈! 앞으로 나와서 노래해!"

오렌지색 민소매를 입은 나카이 씨가 허리를 숙여 들여다보며 내게 말했다. 깜짝 놀라 무릎을 짚고 엉금엉금 기어 도망쳤다.

"무리. 무리, 무리, 무리!"

"뒤에서 웅얼대는 성가대원은 없다고! 방울벌레니?"

"나, 방울벌레면 좋겠어." 전자 피아노 틈으로 고개를 내밀며 말했다.

"제일 젊은 사람이 가운데에서 노래해야지." 스톨을 두른 하타나카 씨가 말했다.

"거절할게요."

"참 곤란한 녀석이네. 요즘 애들은 욕심이 없다니까." 짧은 백발이 귀여운 요시타니 씨가 팔짱을 끼고 한숨을 쉬었다.

"행복에 겨워서 그래." 기타 씨도 거든다.

"네 엄마도 네 행복을 바랄 거야. 틀림없이."

청재킷 차림에 머리를 질끈 묶은 오쿠모토 씨는 허리에 손을 대는 버릇이 있다.

"행복? 어떻게?" 바로 되물었다. "어떻게 해야 행복해지는데?"

어? 여성들의 말문이 막혔다.

"어, 어떻게, 라니?"

오카모토는 잠시 생각에 빠진 듯 대각선 앞을 바라보며 눈을 깜빡였다.

"해, 행복…."

하타나카 씨도 말문이 막혀 안경 안쪽에서 미간을 찌푸렸다.

"해… 행복?"

기타 씨도 곤란한 듯 천장을 올려다봤다.

"해, 행, 복, 이라니…."

나카이 씨는 어색한 몸짓으로 뭔가(행복?)를 표현하려 했다.

이 여성들은 실제로 각자 독립적인 길을 걸어왔다. 결혼하지 않은 채 파트너와 오랫동안 살고 있거나, 일이 중심이라 내내 독신이거나, 두 번의 이혼 경력이 있는 싱글 맘이거나, 병든 반려자를 간호하면서 아이를 키우거나….

"사실은 나, 이런 할머니가 됐는데도 행복이 뭔지 모르겠어."

그런 가운데 최연장자인 요시타니 씨가 다른 네 명을 둘러보며 가슴에 손을 얹고 호호호 하며 웃었다.

요시타니 씨의 말을 들으니 우리는 행복을 논할 자격이 없다는 듯, 네 사람은 그 자리에 얼어붙고 말았다.

전자 피아노 틈으로 그런 다섯 명의 여성을 하나씩 둘러봤다.

"…너, 왜 그런 눈을!! 우리를 비교하고 있지?!" 그때 기타 씨의 눈꼬리가 무섭게 올라갔다.

"누가 정답인지 생각했지?!" 하타나카 씨는 안경 속의 눈을 번뜩였다.

"정답 같은 게 있으면 우리가 이렇게 허둥대고 있지 않겠지!!" 나카이 씨가 아우성쳤다.

으악, 무서워라.

전자 피아노 뒤에 몸을 숨겼다.

나야말로 실은 허둥대고 있다.

무지개다리에서 시노부가 1ON1을 했던 농구 코트를 내려다보고 있다. 아무도 없다. 농구 코트에는 공만 덩그러니 놓여 있다.

물끄러미 보고 있자니 잊을 수 없는 추억이 되살아난다.

이런 풍경이다.

저녁 무렵. 혼자 쭈그리고 앉아 우는 여섯 살의 내게 아무도 다가오지 않는다. 그때 미니 농구용 볼을 든 시노부가 다가와 서서 말했다.

"왜 울어?"

"……."

대답도 못 하고 계속 울기만 했다.

"왜 아무 말도 안 해?"

"……."

역시 대답하지 못한다.

그때 일을 늘 떠올린다. 지금까지 얼마나 많이 떠올렸는지 모를 소중한 추억이다. 잊지 않으려고, 앞으로도 수없이 떠올릴 것이다. 어른이 되어 요시타니 씨처럼 할머니가 되어도 늘, 수없이….

그런 생각에 빠져 있느라 옆에 누가 다가오는지 알아차리지 못했다.

"…스즈."

이름을 부르는 소리를 듣고 나서야 놀라 쳐다봤다.

"…시, 시노부?!"

당황했다. 어떤 표정이었을까? 식은땀이 난다. 이상한 얼굴을 보여주는 건 싫다.

"아버지 잘 계셔?"

"그, 글쎄. 잘 지내나?"

"무슨 소리야? 스즈, 밥은 제대로 먹고 다니냐?"

"머, 먹었어."

더는 견딜 수 없어 자리를 피하려 했다.

가려는 내 손을 시노부가 잡았다.

"?!"

깜짝 놀라 올려다봤다. 손의 감촉에 뺨이 뜨거워진다.

시노부가 냉정한 목소리로 물었다.

"무슨 일 있지?"

"…없어."

저도 모르게 고개를 숙였다. 이런 얼굴, 보여주고 싶지 않다.

"있잖아."

"없다니까."

고개를 돌렸다. 그런데도 시노부는 손을 놓아주지 않았다.

"얼굴 좀 보여줘."

"…싫어."

"어서."

싫다고 했으면서… 망설이면서도 어쩔 수 없이 천천히 고개를 들었다.

"……."

시노부는 똑바로 내 눈을 봤다.

"말해볼까?"

"……!!"

그 눈빛에 숨을 멈췄다. 빨려들 듯 꼼짝도 할 수 없다.

그때에도, 이런 눈이었다.

어린 시노부는 쭈그려 앉은 내 얼굴을 들여다보며 물었다.

"말해볼까?"

그때와 똑같은 눈이다.

"……!!"

떠올리니 머리가 멍해졌다.

그때 여러 시선이 느껴졌다. 여학생들이 우리 둘을 발견하고서 술렁이고 있다.

"앗…?!"

이건 위험하다.

순간적으로 시노부의 손을 뿌리치고 재빨리 그 자리를 떠났다.

"…스즈!"

시노부가 부르는 소리에도 돌아보지 않고 잰걸음으로 복도 모퉁이를 돌았다.

제대로 말해야만 한다.

모퉁이를 돌아 벽에 등을 대고 잡혔던 손의 감각을 확인하며 속으로 연습했다.

"시노부. 나, 이제 초등학교 때와는 달라졌어. 늘 걱정해야 하는 아이가 아니니까, 아니니까…"

제대로 전하자. 결심하고 온 길을 돌아갔다.

무지개다리 너머에 시노부가 있다.

전해야 한다.

그런데 도중에 걸음을 멈췄다.

"……!"

시노부 앞에 루카가 있다.

교과서의 한 페이지를 가리키면서 시노부와 즐겁게 웃으며 얘기하고 있다. 아무도 침범할 수 없는 반짝이는 아름다

움이다. 세상의 축복을 받은 완벽한 미소다. 뒤에 있는 여
학생들도 미소를 짓고서 둘을 바라보고 있다. 아까는 수런
거렸으면서 지금은 안심하는 표정이다. 여학생들이 왜 그
러는지, 그 이유를 나름대로 이해는 한다.

"……."

방금 시노부에게 전하려던 말을 다시 가슴속에 품었다.

그리고 아무 일 없었던 듯 그 자리를 떠났다.

만
남

빛나는 초승달이 이동해『U』세계의 붉은 길에 초저녁의 어둠을 끌고 온다.

대하처럼 이어지는『U』의 거리에는, 오늘 평소보다 많은 As가 흘러넘치고 있다. 여기저기에 불가사의한 고양감이 떠돌고 모두 들떠 있다.

수많은 인터넷 뉴스가 다양한 언어로 중계를 하고 있다.

"…자, 곧『U』의 표준시 20시 25분, 벨의 최대 규모 라이브가 이『U』의 볼 스타디움에서 열립니다."

『U』의 거리는 기본적으로「고층 빌딩(Skyscraper)」과「공원(Park)」의 두 종류 모듈로 반복 구성되어 있다. 하지만 그 밖에도 몇 가지 특별한 모듈이 존재한다. 그중 하나가「스타디움(Stadium)」이라 불리는 공 모양 모듈이다.

"…세계에서 동시 시청하는 As의 수는 6개월 이내에 나타난 신인으로는 이례적으로 1억에서 2억 정도라고 하는…."

용과 주근깨 공주

볼 스타디움으로 다가가자 작고 많은 유닛의 집합체가 모여들어 동그란 공 모양을 만들었음을 알 수 있다. 유닛 사이의 틈을 지나 안으로 들어간다. 유닛 하나하나에는 여러 개의 창이 붙어 있다. 창문 형태는 스마트폰 화면의 형태와 일치했고 그 안에 As의 모습이 보인다. 그것이 볼 스타디움의 관객석이다.

무수한 As가 라이브 시작을 손꼽아 기다리고 있다.

시작 시각을 맞이했다.

두두두두, 엔진 소리와 함께 엄청나게 넓고 동그란 공 모양의 공간이 서서히 어두워진다. 유닛들이 다가와 틈이 좁아진 것이다. 마침내 지이이잉 하는 소음이 났다. 유닛 틈이 완전히 닫히며 공간은 어둠에 휩싸인다. 어둠 속에 붉은 길처럼 붉은 선이 떠오른다.

라이브 시작이다.

음악이 시작된다.

공간의 중심에 거대한 물방울이 떠오르는 게 보인다. 이 불가사의한 광경을 앞에 두고서 관객들은 이제부터 무슨 일이 벌어질지 군침을 삼키며 지켜보고 있다.

거대한 물방울은 표면 장력으로 표면이 흔들리면서 내부에서 빛을 발하기 시작했다. 마치 묘성처럼 반짝이는 여러 개의 빛이 발생하더니 물방울 속에 쌓인다.

이윽고 빛으로 가득 찬 물방울은 빅뱅처럼 순식간에 터졌다.

촤악. 대량의 비말이 공간에 퍼지고 그 너머에 반짝반짝 빛을 반사하는 불가사의한 물체가 나타난다.

섬세한 비즈로 만들어진, 수십 미터나 되는 거대한 드레스.

그 드레스 끝에 벨=내가 있다.

"우와와와와와와와…!!"

땅울림 같은 As들의 환성이 끓어올랐다.

객석의 무수한 창문에서 모자이크 같은 빛이 나온다.

그 빛을 받아 드레스를 구성하는 비즈의 색채가 복잡하게 변화한다. 빛에 따라 반짝임이 변하는 특수한 비즈다. 최고의 디자이너가 헤드 드레스부터 하이힐에 이르기까지 전부 맞춰준 최고의 의상이다.

빛을 받아 다양한 색으로 변하면서 공간을 떠다니듯 유영했다.

거대한 드레스의 부분들이 마치 다단계로 변화하는 로봇처럼 분해된다. 커다란 부분이 떨어지더니 다시 작은 비즈 하나하나로 나뉜다.

그 비즈 입자가 바다의 파도처럼 움직여 가상의 바다 표면처럼 너울대기 시작했다.

용과 주근깨 공주

그곳에 헤드폰을 쓴 세 마리 새끼 고래가 나타나, 중심에 있는 내게 천천히 다가온다.

새끼 고래들은 이 라이브를 위해 고용한 일류 댄서다.

음악에 맞춰 새끼 고래 한 마리가 꼬리지느러미로 바다 표면을 치자 아름다운 파문이 퍼졌다. 다른 한 마리도 친다. 파문들이 겹쳐졌다. 다른 한 마리는 코로 힘차게 바닷물을 뿜었다.

다음은 내 차례다.

조금 전 새끼 고래처럼 음악에 몸을 맡기고 몸을 틀어 바다를 쳤다. 파문이 아름답게 퍼진다. 다시 몸을 틀어 바다 표면을 쳐 파문을 또 만들었다. 그리고 새끼 고래가 뿜어낸 바닷물처럼 자신이 바다에서 힘차게 뛰어올랐다.

다시 새끼 고래가 들어와 미리 맞춘 콤비네이션으로 헤엄치며 춤춘다.

그 중심에서, 노래한다.

반짝이는 객석의 플래시가 드레스까지 닿아 차례로 비즈 색깔을 바꾼다.

압도적인 아름다움.

As들이 발하는 창문 불빛 하나하나가 없었다면 절대 나올 수 없는 색채는 나와 디자이너, 관객의 합동 작품이다. 복제가 당연한 디지털 세계에서 다시는 재현할 수 없는 1

회성 예술이다.

목청껏 부른 노래가 끝났다.

"오오오오오오오오오…!!"

꿈틀대는 듯한 As들의 환호성이 볼 스타디움을 뒤흔들었다.

객석의 플래시가 일제히 꺼지고 붉은 길만 도드라지는 어둠으로 돌아간다. 두 번째 노래의 전주가 시작되자, 위아래에서 다음 세트인 그래픽 철골이 쓱 나온다. 암전된 사이이 라이브의 프로듀서인 히로 As가 미끄러지듯 다가왔다.

"벨, 최고야. 다음으로 가자."

"응."

히로 As는 들고 있던 천 조각을 던졌다. 그 천이 내 몸 주위에서 펄럭펄럭 퍼지더니 패치워크 드레스로 변화했다. 이것도 비즈 드레스와 같은 디자이너의 작품으로, 빛을 받으면 변화하는 섬유로 짰다.

그때, 갑자기 쿠웅 하는 기묘한 소리가 났다.

"아…."

지이이이잉, 볼 스타디움의 틈이 살짝 열렸다.

"누구지?! 왜 멋대로 문을 열어!"

히로 As가 호통을 친다.

유닛의 아주 작은 틈으로 누군가가 침입했다. 선두에 하

용과 주근깨 공주

나. 그리고 그 뒤를 따르는 As 무리. 아슬아슬하게 객석 유닛을 스치며 고속 이동한다. 창문 안의 관객들이 갑작스러운 일에 동요하는 분위기가 전해진다.

히로 As의 분노는 두 배로 늘어났다.

"이 새끼야, 나가라고!"

선두 As는 추격하는 집단으로부터 도망치는 듯 보였다.

"추격당하나?"

볼 스타디움의 붉은 길을 따라 한 바퀴를 돈다. 추격 집단은 둘로 갈라졌다.

"젠장! 저 녀석 뭐야?!"

히로 As가 공중을 올려다보며 묻는다.

온 세상의 브레인들이 순식간에 댓글 풍선을 단다.

《Lóng》《continuar》《용》《naga》《Dragon》《التنين》《Dreki》《Ejderha》

"용?"

『『U』에 사는, 추악한 몬스터형 As야.』

튀어나온 두 개의 뿔. 긴 콧등. 날카로운 이빨과 발톱. 특징은 용 그 자체이고 인상은 폭력적인 맹수 같다. 그런데 깃을 세운 새빨간 망토와 슈트 소매에서 나온 하얀 프릴은 귀공자를 연상시켰다. 이렇게 정반대의 성질이 공존하는 불가사의한 균형. 긴 곱슬머리 사이로 살짝 보이는 가늘고 날카로운 눈빛은 한없이 미스터리하게 느껴졌다.

한편 추격자들은 모두 빨간 줄이 들어간 하얀 전투복 차림으로 통일했다. 정의의 히어로를 그대로 구현한 집단처럼 보인다.

부웅, 용은 망토를 펄럭이며 급상승하는가 싶더니 갑자기 몸을 휙 돌려 급강하했다. 속임수 같은 움직임으로 추격자를 우롱하며 순식간에 따돌렸다 싶더니 이번에는 조금 전 둘로 갈렸던 추격자의 한쪽을 향해 스스로 나아갔다.

추격자들을 이끄는 돌 가면 As는 겁먹지 않고 그대로 돌진한다.

둘은 격렬하게 정면충돌했다.

빠직, 격렬한 불꽃이 튄다.

용은 눈으로는 좇기 힘들 정도의 속도로 주먹을 휘둘렀다.

추격자들은 탁탁 탁탁, 작은 돌처럼 튀어 올랐다.

그대로 반짝반짝 얼음 결정 같은 빛을 발하며 움직이지 못했다. 너무나 큰 타격에 데이터가 망가져 얼어붙은 것이다.

나는 용을, 멀거니 바라봤다.

"우와…!"

"뭐 하는 놈이야?"

히로 As의 질문에 곧장 말풍선들이 대답했다.

《몇 개월 전『U』의 무술관에 갑자기 나타났어.》《이후 연승 기록을 계속 다시 쓰고 있어.》《하지만 싸우는 스타일이 최악이야.》

"어떻게?"

쿵! 용은 벽면 유닛에 착지해 방향을 바꾸더니 조금 전 따돌린 다른 한쪽 집단을 덮쳤다. 그들에게 도망칠 틈도 주지 않고 재빨리 차례로 쓰러뜨린다.

프리즈를 나타내는 결정 도상이 여기저기 떠오른다.

《다시는 대결을 못 하게 만들어.》《데이터가 망가져 사용할 수 없을 때까지 공격한다고.》《마치 울분을 푸는 것 같아.》

입을 벌린 채 가만히 용을 바라봤다.

"아!"

너덜너덜한 등에 수많은 문양이 있는 게 보였다.

"저건…?"

《이거 여봐란 듯 등의 멍을 과시하는 촌스러운 놈이야.》이런 말풍선이 따랐다.

확인하듯 그것을 바라봤다.

"저렇게 멍투성이라니…?"

추격자 집단은 어느새 세를 불리고 있다. 그들을 이끄는 드레드 헤어 As가 공격하라고 손짓하자 열 명 넘는 대원들이 함성을 지르며 일제히 돌격한다.

용은 혼자인데도 이들을 맞아 주저 없이 나아간다.

용은 눈이 돌아갈 정도의 속도로 손날을 날렸다.

추격자들이 차례로 날아간다.

"아아아악!"

픽! 최후의 한 명까지 단숨에 베어 쓰러뜨렸다.

드레드 헤어 As는 순식간에 아군이 전멸한 것을 보고 경악을 금치 못했다.

"으… 아아아악!!"

괴성을 지르면서 정신없이 용에게 달려들었다.

다음 순간, 그의 얼굴에 용의 무릎이 날아와 박힌다. 이어서 어퍼컷이 명중하자 드레드 헤어 As는 새우 같은 형상으로 날아갔다.

히로 As가 흥미롭다는 듯 묻는다.

"추격자들은 누구야?"

《저스티스들이야.》

"저스티스?"

《『U』의 정의와 질서를 지킨다고 주장하지.》

조금 떨어진 곳에서 내려다보고 있는 As들이 있다.

돌 가면 As와 드레드 헤어 As와 마찬가지로 저스티스 군단의 간부들이었다. 한눈에도 정의의 편임을 알 수 있게 강인해 보이는 얼굴들인데 반쯤은 여성형이다.

히로 As는 그들을 보고는 이해했다는 듯 목소리를 높였다.

"흥! 그래서 히어로 같았구나."

수많은 저스티스가 창이나 해머, 청룡도 등 다양한 무기를 들고 용을 포위했다.

우와아아아! 대원들이 소리 지르며 일제히 공격했다.

수가 너무 많아 용이 이길 방법은 없는 듯 보인다.

용은 천천히 양손을 교차했다.

그리고 무시무시한 속도로 공간을 갈랐다. 진짜 검을 휘두르는 것처럼 대원들을 마구 벴다. 밀집한 군단이 일제히 밖으로 튕겨 나간다.

"으아아아아악!!"

동시에 반짝반짝, 결정과 비슷한 빛이 퍼졌다.

압도적인 강력함에 공간을 가득 채운 관객들은 숨을 멈춘다.

용은 등을 돌리고 천천히 몸을 일으켰다.

저스티스 군단의 간부들은 경악해서 입을 열었다.

"아니, 저렇게 지독한 짓을…!"

"저렇게까지 공격할 이유가 뭔데?!"

"본인만 좋으면 그만인가?!"

정의의 편다운 말들로 제각각 용을 비난했다.

그것을 신호로 일부 관객 As들도 비난을 퍼붓기 시작했다.

《맞아!》《벨의 라이브를 망쳤잖아!》《어떻게 책임질 거야?!》

그 목소리들은 마침내 볼 스타디움 전체로 퍼졌다.

《벨에게 사과해!》《시간을 돌려내!》《여기서 나가라고!》《나가!》

일종의 기이한 분위기에 휩싸인 공간에서 스타디움을 둘러봤다. 그 자리에 있는 As 대부분이 오직 하나의 존재에게 땅울림 같은 격렬한 비난을 퍼붓고 있다.

그 가운데 홀로 서 있는 용. 내게는 그의 등에 있는 멍이 지금까지 무수한 비난을 받으면서 생긴 상처처럼 여겨졌다.

나도 모르게 묻고 말았다.

"당신은…?"

용은 천천히 고개를 돌려 날카로운 눈빛으로 이쪽을 봤다.

"……."

"당신은, 누구…?"

질문이 되지 못할 물음을 그저 던져봤다.

그러자 용은 처음으로 입을 열었다. 필터를 거친 듯 탁한 목소리였다.

"…보지 마."

"응…?"

"나를, 보지 말라고."

곱슬머리 사이로 보이는 용의 눈빛이 거부 의사를 드러내고 있다. 더는 물어볼 수 없겠다.

그때였다.

"용!!"

날카로운 목소리가 볼 스타디움에 울려 퍼졌다.

한 남자가 떡 버티고 있다.

"더는 용서할 수 없다…. 절대 용서할 수 없어! 용을 쓰러뜨리지 않으면 『U』의 평화를 보장할 수 없어!!"

팔짱을 낀 채 소리 높여 외쳤다.

"저 사람이 리더야?"

히로 As가 질문했다.

《맞아. 저 사람이 저스틴이야.》

금발을 잔뜩 세운 파란 눈의 As였다. 근육이 탄탄해서 당당한 체구는 강인함과 용맹함을 연상시켰고 그 몸에 착용한 하얀 전투복은 고결한 인격을 상상하게 했다. 그야말로 히어로, 영웅, 대장부, 정의의 편, 구세주라 불릴 만했다.

저스틴은 자신의 오른팔을 쳐들고 손목의 문장을 가리켰다.

"보라고!!"

문장이 빛에 감싸이고 거대해지더니 날개 달린 금속 사자 머리로 변모했다. 사자의 입에서 볼트액션으로 보석 같은 렌즈 형태가 튀어나온다. 마치 대포 같다.

저스틴은 그 포를 들어 보이며 『U』 전체에 울려 퍼질 듯한 목소리로 선언했다.

"이게 바로 『U』의 정의와 질서를 지키는 진실의 빛이다! 우리는 악한 용을 반드시 언베일하겠다!!"

그러자 기업 이름이 들어간 배너 광고가 속속 날아와 그의 뒤쪽에 쌓였다. 이 후원사들이 그의 활동을 지원하는 듯하다.

히로 As는 눈을 동그랗게 뜨고 손가락질했다.

"저것 좀 봐, 스폰서 로고 수!"

"언베일이라니?"

내 질문에 히로 As는 '이런, 이런' 하는 태도로 대답했다.

"Unveil."

저스틴이 과녁을 노리듯 오른손을 들어 조준하자 렌즈 기구의 내부가 모자이크처럼 반짝인다.

입자가 모여들었다가 초록색 빛을 쏘았다.

슉!

빛은 어둠을 가르고 똑바로 용 쪽으로 향했다.

용은 아슬아슬하게 빛을 피한다.

다시 저스틴의 오른손에 입자가 모이더니 두 번째 빛이 발사되었다.

용은 거리를 충분히 두고 신중히 피했다. 미지의 빛을 상당히 경계하는 모습이다.

"음….".

오른손을 내리고 저스틴은 신음했다. 움직이는 대상에 가늘고 긴 빛을 맞히기에는 거리가 너무 멀었다.

"문을!!"

지시했다.

명령을 받은 간부들이 사방으로 흩어졌다. 콰과과과광! 유닛 틈이 움직여 간격이 좁아진다.

"어라…?"

그에 따라 빛이 사라진다. 쾅! 완전히 닫히는 소리와 함께 볼 스타디움은 어둠에 휩싸였다.

간부들이 들고 있던 몇 개의 서치라이트가 일제히 켜졌다.

교차하는 중심점에 용이 있다.

"이제 도망칠 곳은 없다, 용!! 추한 너의 오리진을 이 자리에서 폭로해주지!"

저스틴의 연설에 관객석이 들끓었다.

"오오오오오!!"

관객들은 완전히 저스틴을 지지하고 있다.

히로 As도 동조한다.

"좋아! 해! 하라고!!"

오리진? 폭로해? 그런 게 가능해?

혼자 생각했다.

조금 전 저스틴은 '『U』의 정의와 질서를 지키는 진실의 빛(초록색 빛)으로 악한 용을 반드시 언베일하겠다'고 말했다. 그 의미는 '용을 조종하는 인간이 누구인지를 밝히겠다'는 의미일 것이다. 『U』의 보안 정책으로 평등하게 지켜져야 할 프라이버시를 없앤다는 소리다. 여기서 말하는 '언베일'이란 그런 것으로 이해했다.

그것이 온 세상의 미움을 받는 용에게 이루어진다면 모두 받아들일 것이다. 하지만 만약 그게 나라면? 그렇게 생각하면 얘기는 달라진다. 언베일 같은 것은 당하고 싶지 않다. 누구나 그런 일은 당하고 싶지 않을 터다. 보안의 평등은 지켜져야 하지 않을까?

간부들이 서치라이트를 들고 용에게 다가간다.

빛의 난반사로 생기는 눈부심이 싫은 듯 용은 손으로 빛을 가리고 있다. 하지만 간부들은 가차 없이 강한 빛을 쏘

용과 주근깨 공주

아댄다. 용은 너무 눈이 부셔서 제대로 움직이지 못하는 듯하다.

저스틴은 멀리서 신중히 노리고 있다.

서치라이트를 좁혀간다. 움직임을 멈춘 용에게 빛을 쏘는 것은 너무나 쉬운 듯 보인다.

쿠웅…. 포의 렌즈 내부가 반짝반짝 빛나며 빛을 모은다.

"해치워!"

히로 As가 흥분해 소리친다.

나는 옆에서 가만히 용을 바라보고 있었다.

"……."

내 눈빛을 느낀 듯 용이 이쪽을 올려다봤다.

눈이 마주치자 심장이 쿵 내려앉았다.

"앗?!"

용은 좁아진 서치라이트 중심에서 이쪽을 향해 도약했다. 서치라이트는 갑자기 용을 놓쳐 당황한 듯 흔들렸다.

"아니!"

저스틴은 갑작스러운 사태에 일단 포를 내렸다가 재빨리 다시 겨누고 연속으로 두 번 쐈다.

하지만 용은 그 빛을 피하며 고속으로 상승해 곧장 이쪽으로 날아온다.

"아아아아악!!"

나와 히로 As는 그 압박감에 너무 놀라 꼼짝도 못 한다.

엄청난 속도로 용이 달려든다.

부딪치겠다!

"꺄아아아악!!"

비명을 질렀다.

하지만 용은 우리 옆을 스치듯 지나쳤다. 조금 뒤에 격렬한 돌풍이 일어났다. 용은 그대로 상승해 몸을 돌려 세트 철골에 탁 착지했다.

히로 As는 화가 머리끝까지 나서 올려다봤다.

"그만 좀 해!! 벨이 다쳤으면 어쩔 셈이야?!"

용은 철골 하나를 움켜쥐고 다시 이쪽으로 달려든다.

"앗!!"

순간 몸을 움츠린 히로 As와 나의 바로 옆을 무시무시한 속도로 스쳐 지나갔다.

목표는 저스틴 군단의 간부들이다.

"우와아아아아아!!"

간부들은 비명을 지르며 서치라이트를 내던지고 사방팔방으로 흩어졌다. 놓치지 않겠다는 듯 용은 철골을 휘두르며 달려들었다.

서치라이트의 빛이 사라지자 주위는 다시 어둠에 휩싸였다.

용과 주근깨 공주

그곳에서는 잔혹한 타격음과 간부들의 처절한 비명만이 났다. 암흑 속에서 무슨 일이 일어나고 있을까? 보이지 않는 공포가 그 자리를 지배했다.

더는 참지 못하겠다는 듯 저스틴이 소리쳤다.

"문… 문을 열어!!"

그 지시에 따르듯 볼 스타디움의 틈이 벌어지기 시작한다.

밝아지자 쓰러져 움직이지 못하는 간부들의 참혹한 모습이 드러났다.

용은 그 짧은 시간에 여러 As를 프리즈시킨 것이다.

압도적인 강력함이다.

저스틴은 경직된 얼굴로 뒷걸음질을 쳤다.

"아니… 이런 일을 가만둘 수는 없어…!"

용은 들고 있던 철골을 내던지고 몸의 반동을 이용해 튀어 올랐다.

그 모습을 눈으로 좇으며 올려다본다.

저스틴은 복수를 다짐하듯 소리쳤다.

"반드시 너를 언베일하겠다!"

그런 소리는 전혀 들리지 않는다는 듯 용은 유닛 틈을 통해 스타디움 밖으로 나가 어딘가로 사라져버렸다.

"당신은… 누구…?"

탐
색

매일 아침, 후가와 산책을 한다.

집에서 언덕을 내려와 니요도가와 강변을 걷는다. 잠수교를 건너 돌아보니 마을이 아침 햇살을 받고 있다. 늘 보지만 매일 조금씩 다른 아름다움이 있는 것 같다. 신록이나 단풍이나 수량, 구름 위치, 안개 정도, 빛의 띠, 무더위와 추위에 따라 한없이 바뀐다. 그 아름다움에 늘 매료된다.

퍼뜩 정신을 차리면 후가가 더 놀고 싶다는 듯 가만히 보고 있다.

후가는 오른발 끝이 조금 잘렸으나 본인은 전혀 신경 쓰지 않고 달리고 뛰며 물에 발을 풍덩 담근다. 그 모습을 보면 조금 안도하게 된다.

집으로 돌아와 줄을 풀어주고 밥을 준다. 그다음 툇마루에서 발을 닦아주고 집으로 들어간다. 이불을 개면서 후가에게 말을 건다.

"이제 나는 학교 다녀올게."

용과 주근깨 공주

아버지가 차고에서 나와 조심스레 물었다.

"스즈. …저녁은?"

가방을 메면서 눈도 보지 않고 고개를 저었다.

"……."

"생선 다다키라도 할까?"

다시 고개를 저었다.

"……."

"그래…? 알았다."

아버지는 그렇게 말하고 차를 타고 일하러 갔다.

매일 아침, 아버지와 이런 어색한 대화를 나눈다.

재빨리 잠수교를 건너면서 스마트폰 화면을 스크롤해 뉴스를 봤다.

《벨의 라이브, 해프닝으로 중지》라는 제목이 있다.

"아아, 다들 미안해…."

애써 즐기러 와줬는데 끝까지 해내지 못했으니 미안하네. 다음에는 더 잘 준비해서 사람들이 즐길 수 있도록 노력해야지…. 그런 생각에 잠겨 있었다.

"앗!"

다리 노면의 움푹 팬 곳에 걸려 휘청거리고 말았다. "아, 앗!" 허둥지둥 두 팔로 허공을 휘저으며 균형을 유지하려고 버텼다. 하지만 끝내 얼굴부터 쾅당 넘어졌다.

"으악! 아파…!!"

이마가 벌겋게 부풀었다.

떨어진 스마트폰 속 벨의 이마도 어딘가에 부딪힌 듯 붉은 흔적이 나타난다. 디바이스가 염증 반응을 잡아낸 것이다.

『U』의 보디 셰어링 기술은 나와 벨을 생체 정보로 연결하고 있다.

"벨 탓이 아니야!"

히로의 높은 목소리가 복도까지 울렸다.

"나쁜 놈은 용이지! 진짜로 언베일되었으면 좋았을 텐데!!"

"왜 미움받을 짓을 할까?"

아침에 부었던 이마는 오후가 되자 상당히 가라앉았다. 그것을 확인하며 말한다.

"잘난 체하는 거겠지!"

히로는 분풀이하듯 화이트보드에 물리 문제의 답을 휘갈겨 쓰고 있다. 이 문제는 물리 데라다 선생님이 학생을 시험할 목적으로 일부러 써놓은 것이다. 히로는 그 도전을 받아들이고 있다.

"무슨 이유가 있을지도 몰라."

"어차피 허풍쟁이야!"

"그럴까?"

히로의 대답을 도무지 받아들일 수 없다는 목소리를 냈다.

"그러면 어떤 녀석인지, 우리가 베일을 벗겨볼까?"

히로는 해답을 적고 그 옆에 쫙쫙, 힘차게 사선 두 줄을 그었다. 아무리 어려운 문제라도 풀어주겠다는 듯.

교실을 나오다가 카미신과 마주쳤다.

"어, 스즈!"

"어머? 카미신, 배낭이 너무 큰 거 아냐?"

카미신은 캠프라도 가는 사람처럼 커다란 배낭을 메고 있다.

"원정 가려고."

"원정?"

커다란 짐을 넣은 종이 상자를 지게에 잔뜩 얹고 짊어진 히로가 교실 출구를 아슬아슬하게 빠져나왔다.

"어라? 너도 어디 가냐?"

"너랑 동급으로 취급하지 마라!"

나와 히로는 학교를 나와 기차를 탔다.

히로는 지나치게 큰 짐을 자리에 놓고 토트백에서 바로

아이패드를 꺼내 설명을 시작했다.

"『U』의 As는 디바이스가 스캔하는 본인의 생체 정보와 항상 연동해. 그러니까 한 사람이 두 개의 As를 가질 수 없다는 게 전제 조건이야."

"응."

"게다가 인터넷 전체를 뒤져봐도 7개월 전에 『U』의 무술관에 나타났다는 사실 외에는 국적, 나이, 성별에 관한 기록이 전혀 없어."

"그러면 찾아봤자 소용없다는 거야?"

"본인에 대해서는 그렇지. 하지만 지금까지 대전한 상대가 누군지는 기록이 있어."

"그렇구나."

"용의 7개월간 전적은 369승 3패 2무야. 374명의 대전자 중 대부분이 『U』와 연결된 SNS를 공개하고 있어. 한 사람씩 물어보면 정보를 얻을 수 있을지 몰라."

기차에서 내려 버스로 갈아탄다.

정류장에서 내려 니요도가와 강변을 한동안 걸으면 여름 산속에 내가 졸업한 초등학교가 있다. 성가대도 연습에 사용하는, 그 폐교가 된 초등학교다.

히로에게 먼저 2층 교실로 올라가라고 했다. 짐이 무거운 듯 낑낑대며 혼자 계단을 올라간다.

용과 주근깨 공주

과소화와 인구 감소로 폐교된 학교는 그대로 방치되든가, 창고로 이용되며 녹슬어가는 경우가 많다. 하지만 그중에는 체험 시설이나 숙박 시설로 변모하는 예도 있다. 이곳은 다행히 지역 공동체 센터로 활용되고 있다. 접수대에서 교실 사용 신청서를 작성했다.

"자습실로 사용하겠습니다."

그다음에는 주의 사항 설명을 들었다. 비품 사용은 기본적으로 자유지만, 돌려가며 써주세요, 대지진 같은 재해가 일어났을 경우에는 각 방에 재해 방지용 헬멧을 준비해놓았으니 착용하고 피난해주세요 등등.

설명을 다 듣고 2층 교실로 올라갔다.

"…아."

눈을 동그랗게 뜨고 바라봤다.

대형 디스플레이 모니터를 중심으로 한 멀티 모니터가 속속 켜졌다. 그야말로 비밀 기지다. 히로는 종이 상자에 넣어 가지고 온 직접 조립한 고성능 대형 박스형 PC에 이제는 쓰지 않게 된 학교 비품을 연결했다. 내가 교실 사용 신청을 하는 아주 짧은 시간 동안, 히로네 집의 응접실 시스템 환경이 그대로 옮겨진 것이다.

"대단하다…!"

나도 모르게 감탄하고 말았다.

히로는 자랑스럽게 하얀 이를 드러냈다.

"히히히히!"

메인 모니터의 세계 지도에 374명의 대전자가 표시되었다.

히로 As가 그들에게 질문했다.

"용과 대전한 여러분께 질문하겠습니다. 그는 어떤 사람이죠?"

필라델피아 부근에서 아이콘이 팝업했다. 호랑이 가면의 근육질 레슬러 As다.

《불가사의한 존재. A.I.가 아닌 것만은 확실.》

그 아이콘이 휙 뒤집히더니 As의 이미지와는 전혀 다른, 고양이를 안은 여윈 청년이 나타났다. 진짜 얼굴을 보여주며 스스럼없이 말해준다.

프랑스 도버 해협 부근에서 온몸이 초록색인 근육질 요괴 파이터 As가 팝업했다.

《집요하게 공격해댄다고. 성격 최악.》

뒤집히자 진짜 얼굴은 금발의 젊고 쾌활한 여성이었다.

인도 뭄바이 부근에서 성스러운 새 가루다 스타일의 As가 고개를 갸웃한다.

《왜 그렇게까지 하는지 모르겠어.》

진짜 얼굴은 안경을 쓴 똑똑해 보이는 젊은 의사다.

중국 심천 부근의 다부져 보이는 남자 As가 말한다.

《나는 초기 대전자인데 등의 멍이 지금처럼 많지 않았어.》

진짜 얼굴은 친절해 보이는 중년 경찰관이었다.

"그러면 싸우면서 늘었다?"

내가 화면을 보며 물었다.

히로는 전체 대전자 가운데 세 명의 승자만을 골랐다.

"소수인 승자 여러분에게 묻겠습니다. 왜 당신들은 용에게 이길 수 있었나요?"

《갑자기 상대가 포기했어.》

LA의 청년이 대답했다.

《별로 흥미가 없는 것 같았어.》

모스크바의 30대 여성도 비슷한 말을 했다.

물론 모든 대전자가 자신의 거주지를 공개하고 있지는 않다. 프로필을 알 수 없는 사람 가운데 세 번째 승자 아이콘이 떴다.

"아, 천사다…"

가랑눈이 내리던 밤, 벨을 격려해준 그 천사 As였다.

"당신은? 할 말 없어?"

히로의 질문에 천사 As는 빈 말풍선을 띄웠다.

《……》

그러더니 아이콘째 훅 화면에서 사라졌다.

"아니…."

가버렸다. 히로의 말투가 너무 딱딱해서 겁을 집어먹고 사라진 것 같다. 히로는 짜증을 냈다.

"내 참! 소문이라도 누가 좀 모르나?"

《글쎄.》《하지만 그 녀석일지 몰라.》《멍이 비슷하고.》

속속 팝업으로 As들의 대화가 날아다닌다.

"그 녀석이라니 누구?"

몇 개의 링크가 온다. 그 가운데 하나를 히로가 클릭했다. 브라우저가 뜨더니 화상 검색 결과가 나왔다.

험악한 눈빛으로 이쪽을 노려보는 젊은 백인 남자.

"이름은 예리넥(Jelinek). 무명의 현대미술 아티스트."

블리치를 넣은 검고 긴 직모가 너무나 예술가답다.

웹 사이트로 이동한다.

첫 페이지에는 새하얀 피부에 새긴 타투를 보여주는 본인 사진이 마치 그의 작품이나 되는 듯 실려 있다. 확실히 용의 멍과 형태도 색깔도 흡사하고 장소도 같은 등이다.

그 사이트에는 SNS 화상도 포함되어 있었다. 자신의 회화 작품과 여자친구로 보이는 안경 쓴 여성… 거기까지는 좋은데 왠지 납작해진 자동차 사고 현장, 묘비가 늘어선 묘지 같은 사진들이 있다. 왜 그런 것을 사람들에게 보여줄까? 불길하다.

"온몸에 멍을 디자인한 타투를 한 게 6개월 전이야. 용의 등장과 시기적으로 일치해. 그때부터 그의 작품 가격이 갑자기 스무 배로 뛰었어."

히로의 조사 보고에 신음했다.

"수상하네…."

이런 사람과는 절대 말을 섞고 싶지도, 얽히고 싶지도 않다.

"아!"

"응?"

"에이전트 연락처가 있어."

"뭐?"

"바로 알아보자."

"어? 진짜? 잠깐! 아!"

잠깐만 기다리라고 말할 새도 없이 히로는 비디오 채팅 통화 버튼을 눌렀다. 호출음이 울린다. 아아, 어쩌지? 방금 절대 얘기하고 싶지 않다고 생각했는데.

에이전트를 통해 예리넥이 비디오 채팅에 나타났다.

이쪽은 늦은 오후, 상대는 밤이다.

"할 말 없어."

예리넥은 아틀리에에서 불쾌한 듯 말했다. 자동 번역 음성 너머로도 짜증이 전해진다. 잔뜩 물감이 묻은 앞치마를 하고 물감 묻힌 붓을 들고 있다. 작품 제작 중이었던 듯하다. 티셔츠 소매 밑으로 드러난 타투는 확실히 용의 명과 비슷한 것 같다.

음성을 변조한 히로가 단도직입적으로 물었다.

"타투의 의미는?"

"너희야말로 누군데?"

"어젯밤 어디서 누구와 무엇을 했나?"

예리넥이 아우성을 치는데도 히로는 냉정하다.

자동으로 화면이 둘로 분할되더니 우리 모습이 화면에 크게 나왔다. 재해 방지 헬멧에 커다란 마스크, 앞머리로 눈을 가리고 두 손을 코앞에서 깍지를 낀 정체를 알 수 없는 불길한 여성 콤비다. 동요하는 것도 무리는 아니다.

더는 참을 수 없다는 듯 고개를 좌우로 흔든 예리넥은 분노를 쏟아내며 갑자기 손바닥으로 화면을 가렸다.

"적당히 좀 해!"

"왜 말하지 못하지?"

"시끄러워!"

뚝, 화면이 끊겼다. '강퇴'라는 글자가 표시된다.

우리는 마스크를 내렸다. 히로가 중얼거린다.

"틀림없이 뭔가 숨기고 있어."

조금 전의 대답이 천천히 재생된다. 화면을 막는 예리넥의 험악한 표정이 클로즈업되어 있다.

　다음 날도 우리는 폐교 자습실에서 전 세계를 수색했다.

　집에서 가져온 홍차를 타서 핫 커버를 씌워 보온했다. 히로는 찻잔과 잔 받침까지 들고 홍차를 마시면서 전 세계의 As에게 질문을 던졌다.

　"달리 또 누구인 것 같아?"

　《글쎄다.》《그런데 성질이 비슷한 녀석이 있어.》《용처럼 성질을 돋우는 녀석.》《늘 상처를 받았다고 하지.》《확실히 그 여자일지도 몰라.》

　"여자야?"

　고개를 들었다. 용이 꼭 남성이라는 법은 없다.

　재빨리 히로가 이미지 검색을 한다.

　나쁜 인상에 뚱뚱한 중년 아시아 여성이 나타났다.

　모피 코트에 커다란 선글라스. 위협적으로 이를 드러내며 웃고 있다.

　"이 여성의 이름은 『스완(Swan)』이야. 여러 SNS에 계정을 만들어 끈질기게 댓글을 달거나 싸움을 걸고 마구 성질을 내지. '상처받았어'라는 말이 이 여성의 전매특허. 잔인하게 상대를 몰아붙이는 집념은 그야말로 '괴물'이야."

그 여성이 쓴 SNS의 스크린 캡처 사진이 속속 뜬다. 영어, 중국어, 말레이시아어… 읽을 수는 없으나 아주 심한 말이 적혀 있다는 것이 절로 전해진다.

"너무해…."

"아! 미팅 ID 발견."

"뭐?!"

"연결할게." 히로가 교복 넥타이를 풀면서 말한다.

"잠깐만! 잠깐만 기다리라고!!"

정체를 숨길 게 없을까 싶어 홍차를 내려놓고 황급히 주위를 둘러봤다. 오늘은 가까이에 헬멧이 없다! 히로는 재빨리 머리를 묶고 검은 테 안경을 쓰고서 립스틱까지 칠한다. 내게는 아무것도 없다. 위험해! 호출음이 울린다. 으악!

비디오 채팅 화면에 스완이 나타났다.

조금 전 인터넷 사진과는 얼굴이 전혀 다르다. 우아한 분위기와 정중한 말투의 여성이었다. 오히려 소심해 보인다. 검은 머리카락, 은테 안경. 민소매 원피스는 화려했으나 눈에 거슬리지는 않는다. 천장이 높고 넓은 거실 안에는 스무 명은 앉을 수 있는 기다란 식탁 세트가 있으며 잔과 식기, 생화가 놓여 있다.

스완은 부드러운 미소를 머금고 말했다.

"그날은 생일 파티가 있었어요."

"생일 파티?"

편집자로 변장한 히로가 되묻는다.

"네. 남편이요. 준비가 힘들었지만, 딸들도 케이크 굽는 것을 도와주었어요."

"아, 방금 SNS에서 봤습니다."

"어머!"

SNS에는 어린 두 딸이 갓 구운 케이크를 구경하는 장면이 올려와 있다. 화면을 더 내리니 콧수염을 기른 깔끔한 외모의 아버지에게 딸들이 매달린 사진도 있다.

"다정한 가족이네요."

"하지만 괜찮을까요? 저 같은 사람이 '이상적인 주부'를 주제로 한 취재를 받아도?"

조심스럽게 묻는 스완에게 히로는 완벽한 비즈니스 말투로 추켜세웠다.

"아이고, 아닙니다. 독자들에게도 행복을 보여주세요. 자, 세부 일정이 정해지면 다시 연락 드리겠습니다."

비디오 채팅 화면이 끊겼다.

핫 커버를 뒤집어쓰고 몸을 감추고 있던 나는 가슴을 쓸어내리고 고개를 들며 말했다.

"전혀 위험해 보이지 않는데…?"

"지금 한 말은 전부 거짓말이야. 남편도, 딸도 없어. 케이크도 배달이고."

히로는 머리를 풀고 귀걸이를 빼면서 말했다.

"뭐?!"

"집 앞 라이브 카메라에는 몇 달 동안 아마존과 우버 이츠 배달원 외에는 아무것도 찍히지 않았어. SNS 사진도 사진 제공 사이트에서 산 거야. 이것도, 이것도, 이것도."

구운 케이크, 어린 두 딸, 정갈한 아버지…. 그렇게 큰 집에 달랑 혼자 사는 거부가 SNS에서 가족이 있는 것처럼 위장한다.

등에 소름이 돋았다.

"이런…! 왜 그런 짓을 할까?"

스완은 온 세상의 SNS에 다양한 언어로 이렇게 적는다.

《You hurt me(당신은 내게 상처를 줬어).》

히로는 냉정하게 분석했다.

"알리바이도 없고 공격성도 장난 아니야. 만약 이 기록이 그 멍을 가리키는 거라면… 아마도 이 사람이 용일 거야."

상처 입는다…. 용의 등에 있는 멍…. 어쩌면….

익명 게시판인 '용의 정체를 찾는 모임'에는 진위를 알 수 없는 정보가 계속 쌓인다.

《저스티스 여러분, 얼마를 내면 타인을 언베일하는 아이템을 얻을 수 있지?》

《바보냐? 돈을 낸다고 되겠어? 시스템의 취약점이지.》

《그러면 그들이 왜 일반보다 상위 권한을 가져?》

《『Voices』님, 얼른 수정해주세요.》

《용을 언베일하고 나서.》

캘리포니아 애너하임 구장.

와일드비스트(Wildebeest)의 외야수 폭스(Fox)는 오른쪽 타석에서 노리던 볼을 배트 중앙에 맞히고 여봐란 듯 휘둘렀다.

"우와아아아아!!"

관객은 열광적인 환성을 질러댔다.

"작년 월드 시리즈에 출전한 MLB의 강타자 폭스. 그는 엄청난 인기를 누리고 있으나 실은 말도 안 되는 비밀을 감추고 있다는 소문이 있어."

원로 야구 평론가는 방금 입수한 정보를 자랑스럽게 말했다.

"소문이요?"

장수 프로그램의 사회자는 재촉하듯 귀를 기울인다.

홈런을 치고 하늘을 올려다보는, 수염을 기른 상큼한 폭스의 얼굴이 스튜디오의 대형 모니터에 나왔다.

야구 평론가는 비밀을 털어놓듯 목소리를 조금 낮춰 말

했다.

"항상 신사적이지만 그 가면 아래에는 난폭한 얼굴이 있다네."

모니터는 슬라이딩 캐치를 하는 폭스의 다이내믹한 모습에서 팀 연습 풍경으로 바뀌었다. 팀 동료들이 강한 햇빛 아래 피부를 드러낸 셔츠 차림으로 웃으며 대화를 나누고 있는데 폭스만은 긴 소매 파카에 모자를 뒤집어쓰고 대화도 없이 혼자 묵묵히 달리고 있다. 그의 이질적인 모습이 극히 인상에 남는 사진이다.

야구 평론가는 말을 이어나갔다.

"연습 중에도 절대 윗옷을 벗지 않는 것은 그 밑에 큰 상처가 여럿 있기 때문이라고."

"에이~~."

스튜디오 방청객들에게서 놀라움과 불안의 목소리가 터진다. 큰 상처? 의외네. 믿을 수 없어. 왜? 정말 위험한 사람이야? 상처라니 어떤?

사회자는 그 목소리를 정확하게 대변한다.

"유명인은 누구든 반드시 이면이 있죠. 그런 사실을 알게 될 때마다 정말 신물이 나요."

"아~~."

방청객들이 이해와 안심의 목소리를 낸다. 유명인이라면

우리가 모르는 다른 얼굴이 있더라도 어쩔 수 없다고 말하듯. 언젠가 그가 폭행 혐의로 체포되는 날이 오면 지금 여기서 고개를 끄덕이고 있는 방청객들은 그리 놀라지 않으리라. 아아, 처음부터 수상하게 여겼다니까. 그런 얘기를 가족이나 친구들에게 하리라.

대형 모니터 안에서 폭스는 환하게 웃고 있다.

그 프로그램을 녹화한 히로가 나중에 보여주었다.

폭스의 파란 눈을 바라봤다.

—그 밑에 큰 상처가 여럿 있기 때문이라고.

야구 평론가의 말이 재생된다.

상처….

그가, 혹시…?

"안녕하세요. 환골탈태 타로입니다."

"꾹 참아 마루입니다."

환골탈태 타로는 연약한 개가 티셔츠를 입고 있는 듯한 캐릭터였다.

꾹 참아 마루는 달걀 모양의 캐릭터로, 머리가 깨져 금이 갔다.

둘이서 유튜브를 하고 있다.

환골탈태 타로는 꾹 참아 마루에게 물었다.

"너, 아냐?"

"뭘?"

"지금 애들 사이에서 엄청나게 인기 있는 As가 있어."

"그래? 나보다? 누군데? 누구냐고?"

"너, 그렇게 인기가 많냐? 너, since 1990이잖아?"

용의 사진이 짜잔!! 나오자 둘은 휘청거렸다.

"으악!!"

"정답은 용입니다."

"아니, 저렇게 미움을 받는 사람이 왜?"

꾹 참아 마루는 용 사진에 펀치를 날린다.

온 세상의 아이들에게서 일제히 말풍선이 날아온다. 라이브 방송 중인 것이다. 선정된 아이가 스마트폰으로 둘과 대화를 나눈다.

환골탈태 타로는 등장한 아이의 이름과 나이를 읽는다.

"Aileen 13세, Omari 10세."

아이들은 흥분한 표정으로 둘에게 얘기했다.

"용의 은거지는 '성'이라고 불려요."

"누가 제일 먼저 '성'을 찾는지 내기 중이에요."

환골탈태 타로는 다른 아이들의 이름을 읽었다.

"Camille 16세, Jake 13세."

"찾으면 어쩌려고?"

꾹 참아 마루는 아이들에게 물었다.

"같이 사진을 찍어야죠!"

"악수를 청할 거예요!"

"다음. Charlie 18세, Leo 9세."

"나쁜 놈이잖아?"

"나쁜 놈이라 멋져요."

"떠벌리지 않는데 강해요."

"다음. Tomo 11세, Kei 14세."

"무섭지 않아?"

"용은, 저의… 히어로… 예요…."

Tomo는 피부가 하얀 아이였다. 왠지 고개를 기울이고
있다.

"목, 아프니?"

물어도 Tomo는 공허한 눈빛으로 허공을 바라볼 뿐이
다. 왠지 평범하지 않다. 어쩔 수 없이 꾹 참아 마루가 검은
옷을 입은 다른 소년 Kei를 불렀다.

"거기 뒤쪽에 있는 애야, 이리로 와라."

"……."

Kei는 마지막까지 이쪽을 보지 않았다.

그 동영상을 침대에서 보았다.

"히어로…."

SNS에서는 미움을 받는 용도 아이들에게는 히어로구나. 도대체 무엇이 진실일까?

재생하던 라이브 동영상을 멎게 하자 관련 동영상이 뜬다. 그 가운데 조금 전 새하얀 피부의 Tomo가 등장하는 동영상을 발견해 선택한다.

"아, 우리는 가족이 셋. 아주 사이좋게 지내요. 엄마 없이도 활기차게."

두 아이의 어깨를 안은 아버지는 눈썹이 짙고 당당해서 듬직해 보였다. Tomo는 역시 공허한 눈빛으로 양쪽 손가락을 꼭 마주 잡고 있다. 검은 옷을 입은 Kei는 땅만 보면서 침묵을 지키고 있다. 사정이 있는 가정은 많다. 우리 집도 마찬가지다. 하지만 우리는 사이가 좋지도 않고 활기가 있는 것도 아니다.

"서로 의지하며 매일 즐겁게 지내고 있습니다."

동영상에서 아버지는 아이들을 둘러보며 미소 지었다.

"……."

우리는 서로 의지하지 않는다.

어떤 채널에서는 빈약해 보이는 젊은 남자가 자기 방에서 중계를 하고 있었다.

"용은 오래전 어울렸던 나쁜 친구야."

그러면서 스마트폰의 용 사진을 카메라에 비췄다.

다른 다크계 사이트에서는 동물 인형 탈을 뒤집어쓴 젊은 남자가 약에라도 취한 듯 머리를 흔들고 있다.

"용과 나는 엄청나게 죽이 잘 맞아."

음란 사이트에서는 섹시한 수영복을 입은 젊은 여성들이 핑크 조명을 받는 킹사이즈 침대에 누워 중계를 하고 있다.

"사실 용은 엄청난 부자야. 화려한 저택이 어디 있는지 알고 싶은 사람은 열심히 클릭해!"

그렇게 말하며 도발적인 포즈로 엉덩이를 흔들었다.

화면 끝에 댓글이 속속 날아든다.

《이 녀석들이 하는 말은 다 엉터리야.》《속지 마.》《진실은 여기 링크로→.》

자신이 용의 친구다, 혹은 용의 비밀을 알고 있다는 사람이 날마다 늘어났다.

진위를 알 수 없는 정보가 난무한다.

《용은 누구?》《누구?》《누군데?》《누구냐고?》

용에 관한 소문은 점점 부풀어 오른다.

한없이 반짝이는 『U』의 거리에서 As들의 수런거림이 한없이 증식되었다.

《용의 정체는?》《누구냐고?》《누구?》《누구.》…

용
의

성

노인들이 수군거리고 있다.

이날, 우리 집 근처에 있는 『교류의 마을』 주차장에 이동 슈퍼마켓이 찾아왔기 때문에 다들 장을 보러 모여든 것이다.

『교류의 마을』은 현 각지에 있는 촌락 활동 센터 중 하나로, 지역 사람들이 자주적으로 운영해 특산품을 팔거나 홍보하는 곳이다.

식사도 준다.

화이트보드 메뉴에 '밥과 반찬 400엔'이라고 적혀 있다.

나와 히로는 안쪽 자리에 자리를 잡았다. 히로는 처음 데려왔을 때부터 여기가 썩 마음에 든 듯 오늘도 단골이라도 되는 양 손가락 두 개를 세웠다.

"츠츠이 할머니, '밥과 반찬' 둘이요."

"오케이!"

츠츠이 할머니는 굽은 허리로 주방에 들어갔다. 할머니

가 하는 요리는 정말 맛있다. 아직 초등학생이었던 무렵에 나이를 물었더니 여든다섯이라고 했다. 그런데 지금 물어봐도 여든다섯이란다. 말도 안 된다는 소리는 못 한다. 그만큼 건강하니까.

기다리는 동안 히로는 스마트폰으로 뉴스 동영상을 내게 보여주었다.

예리넥이 수많은 취재진에게 둘러싸여 심각하게 말하고 있다.

"이름을 알리려고 이런다는 건 근거 없는 소문이야. 나는 가장 사랑하는 사람을 사고로 잃고 지금도 깊은 슬픔에 빠져 있어. 연인에게 생겼던 상처와 같은 곳에 타투를 했을 뿐이야."

묘비 앞에서 무릎을 꿇고 얼굴을 가린 채 우는 그를 수많은 카메라가 지켜보고 있다.

웹 사이트에 있던 묘지 사진이 떠올랐다. 같은 장소다. 자동차가 구겨진 그 사고 현장에서 안경을 쓴 여자친구가 죽은 모양이다. 감성적인 의외의 면에 놀랐다.

"와~. 사람들에게는 저마다 밝히지 못하는 비밀이 있구나."

솔직한 감상을 털어놓았다.

그런데 히로는 한심하다는 눈빛으로 보고 있다.

"정말 대단하다. 너는 그렇게 믿어 의심치 마라. 분명 더 큰 비밀이 있어."

"참 의심도 많다."

"당연하지. 문제는 정말 숨기고 있는 게 뭐냐는 거지."

"누구나 비밀은 있어."

"너도 그렇지."

"히로도 마찬가지 아니야?"

"나? 비밀 같은 거 없는데."

"에이. 네 스마트폰 바탕화면 말이야."

갑자기 히로의 얼굴이 시뻘겋게 변했다.

"자, 잠깐만!"

"데라다 선생님, 물리!"

"야! 그만하라고!"

스마트폰을 가슴에 품고 히로가 조그만 목소리로 말했다.

마침 츠츠이 할머니가 쟁반 두 개를 들고 왔다.

"자, 밥과 반찬."

히로의 스마트폰 바탕화면에는 칠판 가득 적힌 물리 문제 해답과 검증 앞에서 미소 짓고 있는 데라다 선생님의 모습이 있었다.

"아, 아니, 선생님한테 나는 길거리의 돌멩이나 다름없다고."

벌게진 뺨에 두 손을 대고 히로가 고개를 숙였다.

"엄마랑 아빠한테는 절대 말하지 마. 나를 착한 아이라고 믿고 있으니까."

"말 안 해."

"만약 들키면 엄마는 거품 물고 죽을지도 몰라. 얼마 전에도 말이야, 아…."

갑자기 히로가 말을 끊었다.

"…미안."

"아냐."

히로는 입 앞에서 두 손을 모으고 미안해하며 사과한다.

"정말 미안해."

"괜찮아. 히로는 부모님과 대화를 잘하고 있네."

'밥과 반찬'을 내려다보았다. 채소튀김, 콩과 두부조림, 채소 된장국, 나물무침, 밥.

"우리는 반대야. 엄마가 떠나고 아빠랑 둘뿐인데 전혀 대화를 나누지 않아."

최대한 얼굴을 마주치지 않으려고 한다. 아버지도 내게 신경을 쓰며 거리를 유지한다. 하지만 이대로 정말 좋을까? 둘밖에 없는데 따로따로 밥을 먹어도 될까?

히로는 나를 가만히 바라보다 툭 내뱉었다.

"…알아. 그래서 내가 너랑 이러고 있잖아."

그러고는 얼른 젓가락을 들고 열심히 먹기 시작했다. 우적우적 소리를 내며 나더러 들으라는 듯 말했다.

"그렇게 불쌍하게 있지 말고 어서 먹어."

히로의 재촉에 젓가락을 들고 밥을 조금씩 먹었다. 히로는 입에 밥을 잔뜩 넣은 채 돌아보며 손가락 두 개를 세웠다.

"할머니! 소면 두 개 추가요!"

"그래!"

츠츠이 할머니가 주방에서 얼굴을 내밀었다.

할머니가 만드는 소면은 아주 일품이다.

히로 As는 새로운 정보를 얻었다.

대하와 같은 『U』의 중심 시가지에서 벗어나 운해를 뚫고 나아가자, 작은 섬이 수없이 떠 있는 게 보인다. 『U』의 초기에 가동되던 유닛으로 알려져 있다. 가동을 중지하고 폐쇄한 예전 인터넷 서비스의 잔해다. 그중 하나에 『용의 성』이 숨겨져 있다고 한다.

후드를 뒤집어쓰고 수상한 유닛 하나로 향했다.

"앗!"

사람 그림자를 발견하고 순식간에 기둥 뒤에 몸을 숨

용과 주근깨 공주

겼다.

저스티스 군단의 대원들이다. 무언가를 찾고 있는 모습인데 곧 어딘가로 가버렸다. 그들도 같은 정보를 입수하고 찾으러 왔을지도 모른다.

기둥 뒤에서 나와 주위를 살폈다.

"…정말 이런 폐허에 '성'이 있을까?"

"틀림없다니까!"

"그러면 왜 너는 안 왔어?"

히로 As는 이 자리에 없다.

"데라다 선생님 보강이야. 나중에 녹화로 볼 테니까 얼른 가!"

"아이, 참….'

중심 시가지와 마찬가지로 유닛은 「고층 빌딩」과 「공원」이라는 두 지구로 나뉘어 있다. 공원이라 해도 진짜 숲이 있는 것은 아니다. 침엽수 같은 사각형 추가 늘어서 있고 가운데 동그란 부분이 광장이다. 그것도 곳곳이 빠져 있어 입체감이 깨진다. 그런 잔해 사이를 천천히 지나가 고층 빌딩 지구로 가는 문을 통과했다.

그때 갑자기 소리가 났다.

"찾는 거라도 있어요?"

폐허 빌딩 사이를 관통하는 대로 중심에서 뭔가가 이쪽

을 보고 있다.

　미소녀와 하얀 해삼이 합쳐진 불가사의한 생물이다. 둥둥 떠 있는 미소녀의 몸이 해삼이라 해야 할까, 아니면 해삼의 얼굴이 미소녀라고 해야 할까.

　"…누구지?"

　"나는, A.I. 다 알아요."

　핑크 머리에 귀여운 불가사리 액세서리를 하고 있다. 굳이 말하자면 '인어'라고 해야 할까?

　시험 삼아 물어봤다.

　"…성을 찾고 있어."

　인어 A.I.는 헤엄치듯 등의 촉수를 살랑살랑 흔들며 웃었다.

　"그럴 줄 알았지."

　"응…?"

　인어를 중심으로 순식간에 풍경이 변했다.

　어느새 멋진 폭포가 떨어지는 곳에 내가 서 있다.

　"…여기에."

　성이 있을까?

　인어는 대답하지 않고 촉수를 천천히 흔들며 그대로 가버렸다.

　"아, 기다려!"

뒤를 따랐지만 바로 놓치고 말았다.

"여기가 어디야…?"

나무 기둥과 뿌리가 복잡하게 얽혀 있어서 걷기가 너무 힘들다. 앞으로 나아가는 것을 거부당하는 느낌이다. 깊은 원시림 속을 방황하다가 완전히 미아가 되고 말았다.

"헉… 헉…."

두꺼운 코트 아래는 땀투성이다. 후드가 나뭇가지에 걸린다. 길이 있을 리 없다. 어디로 가야 할지도 모르겠다. 그래도 움직이지 않으면 이 미로에서 나갈 수 없다. 몰라도 전진하는 수밖에 없다.

"헉… 헉…."

커다란 바위에 가지와 줄기가 복잡하게 얽혀 있는 기묘한 나무 아래로 나왔다. 바위를 안고 있는 것인지, 아니면 바위를 목 졸라 죽이려는 것인지 모르겠다. 그곳에 멈춰 서서 어쩔 줄 모르고 있는데 목소리가 들렸다.

"곤란한 일이라도 있어요?"

"…아!"

미소녀와 갯가재가 합쳐진 불가사의한 생물이 이쪽을 보고 있다.

조금 전과는 다른 인어다. 풍성한 초록색 곱슬머리를 가졌으며 허리에 귀여운 프릴을 달고 있다. 이 아이도

A.I.일까?

다시 말했다.

"…성을 찾고 있는데."

인어는 여섯 개의 다리를 천천히 흔들면서 웃었다.

"그럴 줄 알았어. 당신에게만 알려줄게요."

"저기…."

끼어들 틈도 없이 단숨에 다른 장소로 날아갔다.

해안이었다.

시야가 닿는 한 아무것도 없는 한없이 넓은 해안이다. 바람이 강하다.

해안가가 젖어 있고 구름이 그대로 비치는 물의 거울 위를 걷기 시작했다. 어디로 가야 할지도 모르면서. 아무리 둘러봐도 수평선과 지평선의 경계밖에 보이지 않는다.

"헉… 헉…."

걷기만 했다. 정말 앞으로 가고 있는지조차 알 수 없다. 또 미아가 된 것 같다. 조금 전의 원시림 미로와는 비교할 수 없을 만큼 걷기는 편했으나 아무리 걸어도 경치가 변하지 않아 정신적으로 궁지에 몰린다. 헛수고만 하는 느낌이다.

"헉… 헉… 여기가 어디지?"

정말 성 같은 게 있을까?

그때 갑자기 또 목소리가 들렸다.

"곤란한 일이라도 있어요?"

해변에 형형색색의 조개가 쌓여 있다. 그 뒤에서 미소녀와 가늘고 긴 말미잘이 합쳐진 불가사의한 생물이 이쪽을 보고 있다.

"어?"

핑크빛의 부드러워 보이는 관 끝에서 조그만 얼굴을 내밀고 있다. 반대쪽엔 네 개의 손가락이 달려 있고 손톱은 네일아트로 장식되어 있다.

인어는 내가 묻기도 전에 미리 알아서 해주겠다는 듯 말했다.

"성이요? 다른 사람에게는 비밀이에요."

"앗, 잠깐만!"

불렀으나 이미 늦었다.

순식간에 눈앞은 새하얀 구름으로 뒤덮였다.

"아! 여기는 어디야?"

온통 새하얘서 위도, 아래도 모르겠다. 이래서는 미아라고도 할 수 없다. 강력한 불안감이 덮쳐왔다.

"아무것도 안 보여! 아아⋯."

이대로 사라져버리나? 공포가 솟구친다.

"멍청하네. 속기나 하고."

그때 소리가 들려 퍼뜩 고개를 돌렸다.

"…어?!"

천사 As였다. 하얗고 부드러울 것 같은 날개를 펄럭이고 있다.

"그러고 있으면 영 발견하지 못할 텐데."

"당신… 성을 알아?"

"그보다 나랑 놀자."

조금씩 구름이 걷히고 그 너머에 산들이 보이기 시작했다. 빛을 받은 경사면을 따라 좁은 길이 쭉 뻗어 있다.

"자, 이 길을 따라와."

천사 As는 안내하듯 몸을 돌리고 가버렸다.

"아… 잠깐…!!"

쫓아가려고 걷기 시작했다. 그러자 산의 더 높은 곳, 솟아오른 듯한 구름 너머에 숨어 있는 하얀 것이 보였다. 그것을 응시했다. 구름이 조금씩, 천천히 걷힌다.

그 틈으로 건물의 일부 같은 것이 보인다. 저게 뭐지?

불가사의한 문양. 기묘한 형태. 그것은….

"…성…!!"

히로 As의 정보대로 저곳이 정말 용의 성일까?

확신도 없으면서 커다란 문에 손을 댔다.

용과 주근깨 공주

끼이익….

열린 좁은 틈으로 천사 As가 미끄러지듯 들어갔다.

이대로 따라가도 괜찮을까? 주저하지 않은 것은 아니다. 하지만 용의 성을 찾으러 와서 고생 끝에 이곳에 도착한 것이다. 용기를 짜내어 커다란 문을 열었다.

끼이이이이이이익.

"아무도 안 계세요?"

인기척은 없다.

더 자세히 주위를 살폈다. 어둠에 서서히 눈이 익숙해진다. 격자 모양으로 깔린 대리석 바닥에 힐 소리가 울렸다. 천장이 높고 넓은 입구 중앙에는 중세 시대 성처럼 커다란 계단이 자리 잡고 있다.

"우와…!"

올려다보며 저도 모르게 외쳤다.

그런데 자세히 보니 높은 천장과 굵은 기둥에는 기묘한 형태의 조각이 새겨져 있다. 중세 건축 양식과 비슷해 보이나 실은 완전히 다르지 않을까? 게다가 곳곳에 블록 노이즈 같은 게 보인다. 데이터가 파손된 채 방치되었을지 모른다.

"빨리 와."

천사 As가 계단 위에서 재촉한다.

"아…."

뒤쫓아 잰걸음으로 계단을 올랐다.

어디선가 소녀들이 소곤소곤 속삭이는 소리가 들렸다.

"어떻게 들어왔어?"

"일부러 방해했는데…."

나를 헤매게 했던 그 인어들이다. 발코니 기둥 뒤에 숨어 있다. 틀림없다.

안으로 들어가 긴 복도를 걸을 때에도 소곤대는 소리가 들려왔다. 무시무시한 조각상 뒤다.

"어쩌지?"

"주인님이 화내실 텐데…."

그 목소리를 못 들은 척하며 안으로 나아갔다.

천사 As의 안내에 따라 중정으로 나왔다. 가운데에 있는 오벨리스크 같은 사각 기둥이 중간쯤부터 큐브처럼 빙글빙글 돌고 있다. 이것도 데이터가 파손된 상태였다. 하지만 완전히 다른 것에 시선을 빼앗기고 말았다.

장미다.

디지털 폐허에 흐드러지게 핀 장미꽃이다.

"…정말 예쁘다."

진짜와 조금도 다르지 않다. 하양, 빨강, 분홍부터 새빨간 색, 검정까지 온갖 색이 모여 있다. 후드를 벗으며 다가갔다. 특유의 달콤하면서 향기로운 냄새가 콧속에 퍼진다.

"내가 키웠어."

천사 As는 자랑스럽게 말했다. "비밀의, 장미…."

"비밀?"

되물었다.

장미 한 송이를 잡아본다.

"비밀이라니 어떤?"

물었으나 대답이 없다.

그 대신 짐승의 으르렁거리는 소리 같은 게 바로 뒤까지 육박했음을 깨달았다.

"앗?!"

돌아보니 기둥 뒤에서 용이 나타났다.

"왜 여기 있지?!"

"아…!"

너무 갑작스러운 일에 몸이 굳어 움직일 수 없었다.

용은 거추장스럽다는 듯 나와 장미 사이에 끼어들었다.

"왜 멋대로 들어왔나?!"

"그건… 그가 안내해줘서…."

"나가!!"

용은 대뜸 고성부터 질렀다.

"하지만…."

"나가라고!!"

용은 다시 강조하듯 내뱉고 중정에서 사라졌다.

그 자리에 그대로 굳은 채 한동안 움직이지 못했다. 무릎이 덜덜 떨렸다.

하지만 억지로 고개를 흔들어 제정신을 차렸다.

"…잠깐만!"

긴 복도를 걸어가는 용을 재빨리 뒤쫓았다.

"정말 당신에게 묻고 싶은 게 있어서 왔어!"

용은 누더기 같은 초라한 옷을 입고 있었다. 그리고 무수한 멍 자국이 그때의 붉은 망토와 같은 자리에 나 있다. 멍은 데이터로 옷을 교환해도 똑같은 자리에 표시되는 모양이다.

"당신은, 누구지? 당신은…?"

하지만 용은 전혀 듣지 않고 성큼성큼 걸어가 복도에서 커다란 공간으로 나갔다.

"저기, 대답해!"

용은 갑자기 돌아보고 무시무시한 눈빛으로 일갈했다.

"나가지 않으면 물어뜯어버릴 테다!!"

무너진 어두운 댄스홀에 용의 목소리가 울려 퍼졌다.

드러난 날카로운 이빨에 정말 물어뜯길 것 같아 떨렸다. 하지만 마음만은 지지 않도록 필사적으로 용기를 짜내 용의 눈을 노려봤다.

"깽, 깽…."

그때 작은 개가 짖는 듯한 여린 소리가 났다.

천사 As다.

마치 마른 잎이 떨어지듯 팔랑팔랑 떨어져 그대로 바람에 날리듯 휙 가버렸다.

"어디 가…?"

용은 당혹스러운 목소리를 내며 천사 As를 뒤쫓는다. 조금 전과는 전혀 다른, 걱정스러운 목소리다.

그 모습에 나도 당황하고 만다.

"깽… 깽…."

"기다려…."

댄스홀에는 열두 개의 원형 문이 줄줄이 있고 문마다 특징적인 문양이 그려져 있다. 천사 As는 그중에서 소용돌이 문양이 있는 문을 통해 짖으며 나갔다.

용은 쫓아간다. 나도 그 뒤를 따른다.

성의 금이 간 나선형 계단을 올려다보며 올라갔다. 데이터가 여기저기 깨져 큐브처럼 되어 있다.

다 올라간 곳에 발코니가 있다. 건물을 짓다 도중에 내버려둔 듯 외벽 데이터가 그대로 드러나 있다.

천사 As는 짖으면서 그 발코니 바깥쪽으로 나갔다.

"기다려…."

용은 떨어지기라도 할 것처럼 몸을 최대한 내밀어 천사 As를 두 손으로 살포시 감쌌다. 그리고 다치지 않도록 살그머니 끌어당겼다.

용이 손을 펼치자 두 손으로 가리고 있던 천사 As의 가슴이 깜빡였다. 부서질 것 같은 여린 목소리로 천사 As가 질문했다.

"문제가… 생겼어? 응, 문제가…?"

"아니야. 괜찮아. 이제 다 괜찮아…."

용은 다정한 목소리로 대답했다. 공격적인 눈매와는 완전히 다른 섬세한 배려가 느껴진다. 그런 뒷모습을 가만히 바라봤다.

저도 모르게 의문이 입에서 튀어나왔다.

"…어느 쪽이야?"

"……?"

용이 날카로운 눈빛으로 이쪽을 돌아본다.

의문을 솔직히 던졌다.

"당신의, 진짜 모습은, 어느 쪽이야?"

"……."

용은 대답하지 않고 그 자리를 떠났다.

성큼성큼 복도를 걷는 용의 뒤를 재빨리 쫓아갔다.

용과 주근깨 공주

"잠깐만!"

용은 모퉁이를 돌자마자 커다란 문을 열고 방 안으로 들어갔다.

"기다리라고!!"

쫓아가 붙잡기 직전, 쾅 소리를 내며 문이 닫혔다.

"……"

문에 손을 댄 채 어쩔 줄 몰랐다.

용… 그 진짜 모습을, 상상하면서.

사
랑

"스즈가 사랑에 빠졌어. 그것도 나쁜 남자에게."

성가대 휴식 시간, 나카이 씨가 느닷없이 말을 꺼냈다.

"…아, 아아!!"

용의 성에서 있었던 일을 떠올리며 업라이트 피아노에 손을 댄 채 멍하니 있었다. 지적을 받자마자 얼굴이 곧바로 붉어진 나는 갈팡질팡하며 서둘러 항의했다.

"아… 아니라고요!! 아니, 왜…!!"

"얼굴에 다 드러나." 나카이 씨가 증거품을 가리키는 탐정처럼 말했다.

말을 듣고 붉어진 뺨을 순간적으로 가렸다.

"……!!"

휴식 중인 다섯 여성은 벤치에 나란히 앉아 싱글거리고 있다.

"중고생 때에는 나쁜 남자가 좋은 법이지." 기타 씨는 부채를 펄럭이며 말했다.

"사실은 다정하고 낯을 가리는 사람인가?" 오카모토 씨가 벤치에 기대 두 손을 건다.

"다정하다는 사실을 알아주는 사람은 나 혼자라 생각하나?" 나카이 씨가 컵에서 입을 떼며 말했다.

그러더니 하하하! 서로 마주 보며 웃었다.

"아니라잖아요!!"

그저 나를 놀리는 것임을 알면서도 부정하지 않을 수 없다. 하지만 그게 오히려 지적의 정당성을 증명한다는 것을 알면서도.

"선물이라도 해보면 어때?" 하타나카 씨가 제안하듯 나를 바라봤다.

"응?"

"나, 고3 때 오하이오주로 유학 갔어. 거기서 늘 혼자 외롭게 있던, 날카로운 눈매의 남자를 만났지."

"어머, 외로운 늑대 스타일?" 기타 씨가 부채를 입에 대며 소녀처럼 눈을 동그랗게 뜬다.

"좀 마음이 쓰이는 애라 생일 선물을 주겠다고 했지." 하타나카 씨는 살짝 목을 움츠렸다.

"뭘 줬어?"

"노래."

"노래?"

여성들이 동시에 물었다.

하타나카 씨는 내 쪽을 보며 말했다.

"축하 노래. 만들어서 그 사람 앞에서 불러줬어."

"멋지다!" 요시타니 씨가 가슴에 손을 댄다. "러브 송이네."

"한 번도 웃지 않던 사람이 그때에만 환하게 웃었어."

"사귀었어?"

"후후, 설마!"

"왜?"

"그야, 그 아이 아직 중2였거든."

"에이~~~."

여성들이 일제히 소리쳤다.

"하지만 귀국할 때 공항에서 울어주었어. 기쁘더라."

하타나카 씨의 아름다운 옆얼굴을 바라봤다. 고교생 시절의 하타나카 씨도 틀림없이 아름다웠을 것이다. 그리고 당시 중2였던 그 사람은 어떻게 되었을까? 지금도 하타나카 씨에게서 받은 선물을 기억할까?

하굣길, 가가미가와 강변을 걸으면서 생각했다.

"러브 송 같은 거, 만들어본 적 없는데…."

고개를 들고 이리저리 탐색하듯 바라봤다. 그날 가가미

용과 주근깨 공주

가와는 잔잔했다. 말 그대로 거울처럼 거리 모습을 비추고 있다. 건너편 강가에서 노는 아이들, 배드민턴을 하는 여성들. 야마우치 신사 주차장. 노부부가 다정하게 걷고 있다. 자전거와 엇갈린다.

평범한 일상의 단편.

늘 오가느라 익숙한 길에서 숨겨진 아름다움을 발견할 수 없을까?

수면을 나는 두 마리의 검은등할미새를 눈으로 좇는다.

그 비약을 바라보자 음계가 떠오른다.

검은등할미새가 수면에서 떨어져 위치를 바꿔가며 상승한다. 그 광경을 바라보는 나도 함께 자유로워진다.

새를 올려다보다가 오후 태양의 눈부심에 눈을 감았다.

눈꺼풀 안에 시노부가 있다. 농구 코트에서의 모습.

느린 8분의 6박자.

기분이 좋아져 스텝을 밟는다.

다른 시노부의 모습이 떠오른다. 손을 잡아주던 감촉.

강물 위를 천천히 흐르듯.

눈꺼풀 안에 용이 나타났다. 올려다보던 날카로운 눈빛.

발을 들어 춤추듯 회전했다.

다른 용의 모습이 나타났다. 다정하고 섬세한 목소리.

나는… 아니, 벨인 나는 용이 너무 궁금하다.

틀림없는 사실이다.

하지만 그것을, 나카이 씨의 말대로 사랑이라 할 수 있을까?

모르겠다.

사랑.

사랑 같은 것과는 전혀 상관없이 살아왔다.

하지만 내내 숨겨둔 마음의 장소가 있다.

그곳에 줄곧 숨어 있는 마음.

같은 장소에서 생겨난 것일까?

그렇다고 해도….

그러나 거기에 어떤 가치가 있을까?

나 같은 게….

하지만 상관없어. 자유롭게.

마음을 담았다.

실컷 여운을 즐긴 다음 눈을 떴다.

어느새 야나기하라바시 바로 앞의 수도교까지 왔다.

"…음."

그리 나쁘지 않네. 조용하면서도 조금 슬픈 곡일지도 몰라. 하지만 요즘 만든 것 중에서는 제법 잘된 것 같아.

"기록해둘까?"

스마트폰 첫 화면에서 몇 번 다음 화면으로 넘겨 작곡 앱을 켜려는데… 갑자기 손가락이 멎었다.

"어라…?"

첫 번째 화면으로 돌아왔다.

SNS 앱 오른쪽 위의 빨간 동그라미 속 숫자가 이상한 수를 표시하고 있다. 200, 250, 300….

"왜 이런 숫자가…?"

깜짝 놀라 앱을 눌렀다.

눈사태라도 난 듯 대화가 쏟아진다.

《그 아이, 시노부랑 손을 잡고 있었다니까.》《대놓고?》《걔가 뭔데?》《어릴 적 친구래.》《그렇다고 무슨 짓이나 해도 된다는 거야?!》《도무지 주제를 몰라. 분수를 모르는 애네.》

"이… 이게 뭐야?!"

학교 여학생 단톡방에서 무시무시한 속도로 내 소문이 거론되고 있다. 온몸의 핏기가 가셨다. 스마트폰을 쥔 손이 덜덜 떨린다. 혹시 사회적으로 매장되기 일보 직전인가?!

크, 큰일이다!

구부렸던 몸을 일으켜 발길을 돌려 일단 뛰기 시작했다.

어쩌지!

왼손에 쥔 스마트폰이 진동했다. 하필 이럴 때 전화야! 달리면서 전화를 받았다.

"스즈!"

"히로!!"

전화 너머에서 히로가 캐묻는다.

"너, 설마 시노부한테 고백했냐?"

"안 했다고!!"

"그러면 고백을 받았냐?"

"그런 적도 없거든!!"

"그럼 왜…?"

"그냥 손을….."

"잡았어?!"

그곳은 전쟁터였다.

단톡방 안팎의 억측과 의심, 심술과 증오가 복잡하게 교차하는 황야. 육각형으로 이어진 지도 위의 숲과 논밭, 마을, 강, 해안 같은 지형 위에서 반 여학생들의 말이 일제히 뒤집힌다.

전원이 분노한 얼굴이다.

"잡지 않았어! 잡혔을 뿐이야!!"

변명했으나 여학생들은 돌진하듯 내 몸에 부딪쳤다. 뾰롱뾰롱, 부딪칠 때마다 내 히트 포인트가 줄어든다.

"그게 다야? 그런데도 이렇게 난리라고? 시노부 대단하

용과 주근깨 공주

다! 얼마나 여학생들이 의식하고 있는지 알겠네."

"나, 아무 짓도 안 했다고!!"

"이걸 계기로 많은 일이 터질 거야. 대놓고 접근하던 애도, 그러지 못하고 초조해하던 애도, 꾹 참고 서로 견제만 하다가 단숨에 분출된 느낌이야. 정말 일촉즉발이야. 무서워라…."

여기저기서 속속 전쟁의 포화가 올랐다. 비슷비슷한 싸움이 일어났다. 그중 몇몇이 전투 양상으로 발전하고 말았다. 깃발을 앞세운 보병 기마가 서로 노려보고 있다. 다른 장소에서 총을 든 군대가 서로 노려보고 있다. 또 군대들이 대포까지 갖추고 일촉즉발의 위기에 있는 곳도 있다.

"말도 안 돼…. 다들 친했잖아!"

"정말 다양한 사람이 있다니까. 이대로 모두가 진짜 성격을 표출하면 전면전이 되겠어."

"어쩌지?"

"후, 어쩔 수 없지."

히로의 말은 지도의 지면을 빠져나와 필드 밑으로 내려갔다.

"나는 뒤에서 최상의 경로를 찾아 판을 흔들어볼 테니까 너는 대화가 통하는 애들부터 찾아서 오해를 풀어!"

"해볼게!"

히로가 설치한 말의 덫에 걸려 속속 말이 튕겨 나가며 뜨거운 토론장이 혼란스러워진다. 틈을 주지 않고 다른 그룹 아래에서도 여학생들의 말을 흔든다. 히로다운 속공이다.

나도 각오를 단단히 하고 단톡방 하나에 뛰어들었다.

"내 말 좀 들어줘! 시노부와는 단순히 어릴 적 친구야."

다른 단톡방에도 뛰어들었다.

"나를 애 취급한다니까."

필사적으로 주장했다.

"이런 나랑 사귈 리가 있겠냐?"

갑작스러운 전란에 피폐해진 여학생 리더들에게 반전 분위기가 감돌기 시작했던 터라 내 말을 솔직히 받아들일 좋은 타이밍이었다.

《그렇긴 하지.》《다들 진정 좀 하자.》《진정~~.》

모든 여학생의 말이 마치 오셀로가 역전되듯 속속 뒤집히더니 보통 때의 표정으로 돌아왔다.

평정.

"안녕!"

히로의 집 현관으로 뛰어들며 인사하다가 그대로 엎어졌다.

"악!!"

왼손에 들고 있던 스마트폰이 페르시아 카펫에 떨어

졌다.

"간신히 호랑이 아가리에서 탈출했어."

히로는 태블릿을 든 채 나를 맞아주었다.

카펫 위에 떨어진 스마트폰에 여학생들이 보내는 대화가 대량으로 들어오고 있다.

히로는 벽에 기대 부루퉁한 표정을 짓고 있다.

"세상은 참 잔혹해. 음침한 여학생인 네가 고백하면 항쟁이 일어나. 하지만 루카라면 아무 일도 일어나지 않고 평화로웠을 거야."

그때 메시지가 들어왔다. 스마트폰을 주워 확인했다.

"아! 루카가 보냈다."

"뭐?"

「갑자기 보내서 미안. 상의할 게 있어서. 실은….」

히로가 의심의 눈초리를 던진다.

"너무 시의적절한데? 지금 그런 메시지를 보내다니 이상하지 않아?"

"이상해?"

"뒤에서 누가 조종하고 있을지도 몰라."

"그럴 일은 절대 없어!"

"아니면 역시 시노부를 노리나?"

"아니, 왜? 루카처럼 귀여운 애가 그런 짓을 하겠냐?"

"개의 그런 부분이 영 나랑 안 맞아."

"어릴 적 친구니까 듣고 싶은 말이 있겠지."

"나는 그런 상담이나 들어줄 만큼 어른이 아니다."

할 말이 없다.

나도 히로가 하는 의심을 완전히 거두지 못했으니까.

다시 가가미가와 옆길을 터덜터덜 걸어 돌아왔다.

벌써 저녁이다.

루카의 메시지는 좋아하는 사람 일로 이야기를 듣고 싶다는 것이었다. 답신을 보내야 하는데 뭐라고 해야 할지 모르겠다.

망설여진다.

루카를 동경하는 마음과 의심하는 마음이 엇갈린다. 너무 괴로워 가슴에 담고 있는 것을 다 털어내고 싶어진다.

"아! 너무 답답해…."

그때.

철썩!

"……?"

물소리가 나서 돌아봤다.

저녁노을이 내려앉은 가가미가와에 가늘고 긴 카누가 보였다. 수면을 미끄러지듯 다가오고 있다.

카미신이다.

패들에서 튕긴 물방울이 멋진 포물선을 그린다. 날렵하고 군더더기 없는 동작이다.

배는 눈앞을 순식간에 통과했다.

"…카미신, 정말 열심히 하는구나."

그때 바로 옆에서 목소리가 들렸다.

"응. 정말 지긋지긋하다니까."

아주, 정말 아주, 천천히 고개를 돌렸다.

"…시노부."

"녀석을 기다리는데 도통 안 올라오네."

어느새 시노부가 내 옆에 서서 카누의 행방을 눈으로 좇고 있다.

시노부를 올려다본 채 움직이지 못했다.

시노부는 저편을 바라보며 자연스럽게 물었다.

"스즈, 오늘 무슨 일 있었어?"

"……."

"…있으면 말해."

시노부는 어쩌면 오늘 일어난 여학생들의 소란을 알고 있을지 모른다. 아니다. 지금 말투로 봐서는 모르는 것 같다. 아니지, 사실은 알면서 모르는 척하고 있을지도 모른다.

무엇이 정답인지 알 도리가 없다.

평소라면 묻지 못할 것도 지금이라면 물을 수 있을 것 같았다. 망설이다가 용기를 내서 입을 열었다.

"…실은 말이야, 시노부한테 전부터 묻고 싶은 게 있었어."

"뭔데…?"

시노부가 이쪽을 본다.

"그게…."

말이 나오지 않는다.

고개를 숙이고 우물쭈물하는 나를 시노부는 잠자코 기다려준다.

"그게… 말이야…."

마음을 굳히고 고개를 들었다.

"저… 기."

그때였다.

"스즈!!"

카미신이 카누를 어깨에 짊어지고 우리 쪽으로 걸어왔다.

"지금 가는 거야? 나도 연습 끝났어. 아이고… 힘들어라!"

"……."

당황하는 바람에 반응이 늦었다.

"어…? 왜 그래?"

용과 주근깨 공주

내 모습에 카미신은 분위기를 파악하려 한다.

들키지 않으려고 황급히 한껏 밝은 미소를 지었다.

"가, 카미신, 아, 맞다! 원정, 어떻게 됐어?"

원정이라는 말에 카미신이 반응했다.

"아! 원정, 갔었지! 그게 말이야, 내 말 좀 들어봐. 심야 버스를 타고 오래 흔들리면서 갔다! 원하는 대학의 코치에게 좋은 모습을 보여주겠다고 한껏 기합을 넣고 말이야. 그런데 전혀 기록이 안 나왔어. 아, 정말 최악이었다니까."

카미신은 팬터마임 같은 과장된 몸짓과 우스꽝스러운 자세를 섞어가며 신나게 떠들었다.

"아, 맞다. 이것 좀 보라고."

잠수복 안에서 방수 팩에 넣어둔 스마트폰을 꺼냈다.

두 동의 고층 빌딩을 등지고 대학생과 전국에서 온 고교생이 찍은 단체 사진이다. 첫 줄 한가운데에서 카미신이 포즈를 취하고 있다.

"모인 사람 중에는 인터하이(전국 고등학교 종합 체육 대회. 역주)에 못 나가는 사람도 있는데, 출전하는 내가 이 모양이니 정말 미안하더라."

이야기를 듣고 눈을 부릅뜬 채 카미신을 봤다.

"카미신… 인터하이 나가?"

"헤헤헤. 응."

손가락으로 입가를 긁적이며 환하게 웃었다.

별거 아니라는 듯 말했으나 그것은 대단한 일이다. 작년에 혼자 시작한 카누부로 인터하이에 나간다는 말이니까 정말 대단한 사람이다. 카미신을 보며 내가 지을 수 있는 최대의 미소로 칭찬했다.

"진짜야? 카미신 대단하다!! 굉장해!! 응원할게!!"

"…정말?"

"정말이지!!"

응원이라는 말에 카미신은 반응했다. 심각한 표정으로 나를 본 다음 연기처럼 과장된 태도로 시노부를 바라봤다.

"시노부, 이거 보라고."

"뭐?"

"응원해준다는 말은 말이야."

"응."

카미신은 대단한 남자라도 되는 것처럼 허리에 손을 얹고 말했다.

"스즈. 흐흐. 나를 좀 좋아하나?"

최대한 환하게 짓고 있던 미소가 급속히 사라진다.

그 모습을 본 카미신이 퍼뜩 정신을 차리고 기어들어가는 목소리로 말했다.

"…어라? 아… 니야? 아… 닌가…."

시노부가 어이없다는 표정을 지으며 가슴 앞에서 팔짱을 꼈다.

"빨리 그거나 두고 와, 이 바보야!"

"거짓말이야, 거짓말, 농담! 그럼, 스즈, 응원 고마워!"

"응."

"빨리 가!"

"알았어!"

카미신은 두 팔로 다시 카누를 짊어지고 재빨리 창고로 갔다.

나와 시노부는 다시 둘이 되었다.

"……"

애써 다시 둘이 되었는데 아무 말도 할 수 없게 되고 말았다. 카미신의 등장으로 말할 기회를 놓쳤다. 틀림없이 어떤 균형이 무너지고 만 것이다. 카미신이 잘못했다는 게 아니다. 앞으로 나아가지 못하는 내 잘못이다. 이제까지 내내 기회를 잡지 못한 채 많은 것들을 포기하고 살았다. 지금도 이렇게 뭔가를 포기한다. 저녁노을이 진 가가미가와 강변에 그저 멀거니 서 있을 수밖에 없었다.

"……"

침묵 끝에 시노부가 입을 열었다.

"…저기 말이야, 아까 할 말이 있다며… 뭔데?"

"…아니, 됐어."

"억지로 참고 있는 거 아니야?"

"아니야."

"정말?"

"응."

그렇게 말하고 눈을 감았다.

어릴 때 나를 가만히 바라보던 어린 시노부의 얼굴이 떠오른다.

그 무렵의 내 마음을, 없애버려서는 안 돼.

털어놓지 못하는 마음을 뭉개버려서는 안 돼.

다시 눈을 떴다.

"…시노부, 이제 이런 나한텐 그만 신경 써."

"뭐?"

발길을 돌리고 혼자 걷기 시작했다.

"스즈."

시노부가 부른다.

하지만 걸음을 멈추지 않았다. 뿌듯한 마음이 차오른다. 걸으면서 스스로에게 말한다.

'…어떻게 하고 싶은 거니?'

견딜 수 없어 걸음이 빨라졌다.

마음 둘 곳을 찾지 못해 가슴이 찢어질 것만 같다.

　　　　　　　　　　　　　　용과 주근깨 공주

전력으로 달렸다.

달리면서 스마트폰을 꺼내 루카에게 메시지를 보냈다.

《루카, 나라도 괜찮으면 언제든 얘기 들어줄게. 응원할게.》

송신.

걸음을 멈추고 헐떡이면서 화면을 바라봤다.

바로 루카의 답장이 왔다.

《스즈, 고마워.》《깜짝 놀랐어(웃음). 힘낼게. 용기 줘서 고마워.》

밝은 내용이 참 루카답구나. 그리 친하지도 않은 루카에게 '응원할게'라는 말은 너무 과했나? 놀라게 한 것을 후회했다.

가슴이 아프다.

읽고 있는데 눈물이 줄줄 흘러 툭툭 땅에 떨어졌다. 손등으로 닦았다. 하지만 눈에서 하염없이 눈물이 줄줄 흘렀다. 잠글 방법이 없어 물이 새는 수도꼭지 같다.

스마트폰을 가슴에 품고 계속 울었다.

러
브

송

용의 성에 있는 복도에 앉아 가슴을 감싸 안고서 울고 있다.

너무 힘들었다.

가슴에 댔던 손을 펼치자 가슴에 멍 같은 둥근 흔적이 생겼다.

그 둥근 흔적은 희미하고 따뜻한 빛을 냈다.

보디 셰어링 기술은 어딘가 다치면 생체 정보 가운데 염증 반응을 읽어내 가시화하는데, 마음의 고통도 역시 생체 정보의 수치가 변화를 일으켜 눈에 보이는 형태로 변환하나?

그때였다.

끼이이이익….

문을 열고 천사 As가 손짓했다.

눈물을 닦고 일어났다. 가슴의 빛이 살짝 희미해진다.

천사 As는 용의 방으로 초대하듯 안쪽으로 사라졌다.

용과 주근깨 공주

문으로 다가가 두 손을 댄다.

조금 망설여진다.

"……."

각오를 단단히 하고 살짝 문을 밀었다.

끼이이이익….

"…아!"

어두웠으나 깊고 넓은 방이라는 것은 알 수 있었다.

높은 천장. 덮개가 있는 침대. 방 중앙의 벽에는 대형 난로가 있다. 파편으로 어질러진 채 방치된 바닥을 조심스레 걸어가 난로 위 벽을 바라봤다. 작은 액자에 담긴 수많은 사진이 걸려 있다. 이것은…?

곤충, 잎사귀, 작은 꽃, 나무 열매, 나뭇가지, 시냇물, 어떤 집의 벽, 밭, 어딘가의 구름…. 얼핏 보면 평범하기 이를 데 없는 것들이다. 나라나 지역을 알아볼 수 있는 것들이 아니다.

하지만 한가운데의 크고 세로로 긴 액자 속 사진만은 달랐다.

"…여성이네?"

수많은 장미를 든 드레스 차림의 여성 사진. 하지만 표정은 모르겠다. 얼굴 부분을 중심으로 유리가 깨져 복잡하게 금이 가 있다.

"……."

이 여성과 용은 어떤 관계일까? 왜 유리에 금이 가 있을까? 얼굴을 숨기려고 일부러 유리를 깼나? 아니면….

방 안을 둘러보다 깜짝 놀랐다.

"……!!"

용이 있다.

황폐해진 실내 저편, 발코니 앞에 등을 돌리고 앉아 있다.

잠들었나, 꼼짝도 하지 않는다.

숨을 죽이고 소리를 내지 않으며 천천히 다가갔다.

"멍…."

넓은 등에 가득한 멍을 가까이에서 처음 봤다. 복잡한 형태와 색채에 시선을 빼앗긴다. 아름답다는 생각이 들기도 한다. 용에게 이 멍은 어떤 의미일까? 그것을 확인하고 싶어 등으로 살그머니 손을 뻗었다.

그때….

갑자기 용이 일어나 뒤를 돌아봤다.

"앗!!"

놀라 몸을 뺐다.

"만지지 마!!"

용은 신경질적으로 고함을 쳤다. 만지게 하고 싶지 않다

용과 주근깨 공주

는 마음이 강력하게 전해진다.

"미안해요. 그 멍…."

"추하다고 놀리러 왔나?"

"아니야!"

자신의 가슴에 손을 대고 최대한 용에게 다가가려 하며 말했다.

"그 멍 아파? 아프지…? 그러면 이제 난폭한 짓은 하지 않는 게…."

하지만 용은 내가 말을 끝내기도 전에 고개를 흔들었다.

"너는 아무것도 몰라."

"그럼 알 수 있게 무슨 말이든 제대로 해봐!"

"이제 꺼져!!"

용은 몸을 크게 떨며 흉포한 짐승처럼 포효했다.

우워어어어어어어어…!!

방 전체가 흔들린다.

더는 이곳에 있을 수 없겠다. 방을 나와 복도를 달려 모퉁이를 여러 번 돌았다.

입구의 중앙 계단에서 인어들이 경멸하듯 마구 말을 내뱉었다.

"꺼져!" "꺼지라고!!" "꺼지라니까!!"

너무 분해 견딜 수가 없었다.

하지만 지금의 나는 할 수 있는 일이 하나도 없다.

아무 말 없이 성 밖으로 나왔다.

왔던 길을 되돌아가 폐허 유닛의「고층 빌딩」지구까지 왔다. 후드를 뒤집어쓰고 빌딩 모퉁이에서 살그머니 고개를 내밀고 주위를 살폈다. 아무도 없다. 신중하게 확인하고 재빨리 이동했다.

다른 빌딩 모퉁이에서도 수없이 안전을 확인하고 서둘러 이동했다. 큰길 너머에「고층 빌딩」과「공원」을 나누는 문이 보였다. 저기만 통과하면『U』의 중심 시가지로 돌아갈 수 있다. 그때 목소리가 났다.

"기다려."

몸이 굳어버렸다.

저스티스 군단의 대원이 다가온다. 아무도 없을 줄 알았던 문 앞에서 들키고 말았다. 혼자가 아니다. 여러 대원이 뒤에서 다가와 포위한다.

등을 돌려 후드로 얼굴을 가리고 몸을 웅크렸다.

대원들이 저마다 질문을 던졌다.

"여기서 뭘 하고 있었나?"

"누군가를 봤나?"

"추한 몬스터였나?"

어떤 질문에도 대답하지 않았다. 그 대신 기회를 엿봐 도망치려고 했다.

하지만 아슬아슬하게 대원 하나가 손을 뻗어 내 후드를 힘껏 잡아당겼다. 또 다른 손이 나와 머리를 움켜쥐었다. 머리를 묶고 있던 리본이 풀렸다.

"아악!!"

얼굴이 드러나고 말았다. 이제는 손으로 입을 가리는 수밖에 없다.

대원들 너머에 누군가, 있다.

"너는… 벨인가?"

저스틴이다. 조금 의외라는 목소리로 말했다.

"왜 이런 데 있지?"

"……."

입을 다문 채 저스틴을 노려봤다.

"말하지 않겠다? 그렇다면."

오른손의 팔찌가 번쩍이더니 날개 달린 사자 머리로 변형했다.

"아…?!"

내 심장이 쿵 소리를 냈다.

"말하지 않겠다면 오리진에게 듣지."

저스틴은 별일 아니라는 듯 담담하게 말했다.

오리진을 폭로하는 빛을 위협에 사용하다니. 공포로 온몸이 떨렸다. 만약 오리진이 드러나면….

"아아아… 아아…… 아아……!!"

그때였다.

빌딩 사이로 누군가가 이쪽으로 왔다.

용이다.

저스틴은 깜짝 놀라 내려다봤다.

"용!!"

용은 순식간에 나를 안고 눈 깜짝할 사이에 빌딩 숲으로 날아올랐다.

"놈이다!" "쫓아!" "쫓으라고!!"

대원들은 바로 추격을 시작했다.

품에 안겨 용의 얼굴을 올려다봤다. 도와주러 왔어? 왜? 조금 전에 꺼지라고 호통쳐놓고.

정신을 차렸을 때에는 추격해온 대원들이 온몸을 날려 용의 몸에 부딪치거나 용의 등을 발로 차는 등 마구 용을 때렸다. 그러나 용은 저항하지 않는다. 얼마 전 볼 스타디움에서는 이런 대원들쯤은 순식간에 때려눕혔는데.

대원들은 용이 공격하지 않는다는 점을 이용해 신나게 차고 때리기를 되풀이했다.

그리고 대원들은 서로의 얼굴을 쳐다봤다.

용과 주근깨 공주

"왜 반격하지 않지?"

"겁나나 보지."

"한심하군."

그렇게 비웃었다.

"······!!"

너무 분해 입술을 깨물었다.

바로 그때였다.

"앗!!"

진행 방향 정면에 고층 빌딩이 보였다. 이대로 가면 정면 충돌한다.

대원들은 알아차리지 못하고 용을 때리는 데 정신을 팔고 있다. 도망칠 수 없는 용은 그대로 충돌하는 수밖에 없다.

고층 빌딩이 달려든다.

"?!"

대원들이 알아차렸을 때에는 고층 빌딩이 바로 앞에 있었다.

이제는 피할 수 없다.

"우와아아아아!"

대원들은 비명을 지르며 두꺼운 창문을 들이박았다.

용은 자세를 바꿔 간신히 창문은 피했으나 나를 지키려

고 등으로 벽에 충돌하고 말았다. 픽! 커다란 소리와 함께 튕겨 나온다.

"으으으으으으윽…"

일그러진 입에서 고통스러운 듯한 목소리가 흘러나온다.

힘이 다한 듯 그대로 추락하기 시작했다. 실이 끊긴 인형처럼 빌딩 벽면을 따라 급강하한다. 이대로 가면 땅에 꽂힌다.

"충돌해!!"

저도 모르게 소리쳤다.

"으으… 으으윽!!"

용은 이를 악물어 힘을 모았다. 뒤집힌 자세에서 몸을 숙여 회전해 빌딩 벽을 날카롭게 차서 옆으로 날아가 간신히 충돌을 피했다.

용은 나를 안은 채 비틀대면서도 빌딩 사이로 사라졌다.

"용은 어디 있나?! 어디야?!"

저스틴은 대원들이 용을 놓친 것에 짜증을 냈다.

"…용!!"

구름 속의 성으로 돌아왔다.

용은 금이 간 발코니에 조용히 착지해 부드럽게 나를 내려주었다.

화들짝 몸을 떼어 일단 용과 거리를 두었다.

용은 힘이 다했는지 풀썩 무릎을 꿇었다.

"헉헉헉헉…."

호흡이 거칠다. 걱정되어 다가가려 하자 용이 강하게 제지했다.

"오지 마!! …저쪽으로 가."

어쩔 수 없이 시키는 대로 등을 돌리고 가려 했다.

하지만 무언가가 그렇게 하지 못하도록 했다. 가슴의 통증이 그렇게 시켰다. 명치 부근에 주먹을 대고 그 절절한 통증을 견뎠다. 그리고 마음에 거역하지 않기로 하고 입을 굳게 다문 채 용에게 고개를 돌렸다.

"헉, 헉."

고통스럽게 호흡하는 용의 모습이 보였다.

"……."

너무 속이 타고 가슴이 아팠다. 꼭 쥔 주먹을 펼쳐서 명치 위에 놓자 마음이 자연스럽게 입을 통해 나왔다.

"전보다는 당신을 조금 더 알아."

"……?!"

용은 고개를 들고 의외라는 듯 눈을 부릅떴다.

곁으로 다가갔다.

"정말 상처 입은 곳은 여기지?"

용의 가슴에 살짝 손을 댔다.

"……!!"

용은 깜짝 놀랐다.

나를 올려다보는 용에게 내 솔직한 마음을 전했다.

"도와줘서, 고마워."

용은 얼굴을 가까이 대며 처음으로 이름을 불러주었다.

"…벨."

별이 반짝이기 시작한다.

천천히 노래하기 시작했다.

데이터가 깨져 여기저기 큐브로 변한 어두운 댄스홀에
노랫소리가 울려 퍼졌다.

혼자 있고 싶다고 당신은 거절하지만
사실은 가슴속에 있는 것을 들키고 싶지 않은 거지?

분노, 공포, 슬픔
견딜 수 없는 밤
하지만 얘기할 수 없어

들려줘, 숨기려 하는 당신 목소리를

보여줘, 숨기고 만 당신 마음

용은 가슴에 손을 얹고서 자신을 들여다보듯 듣고 있다.

중정에 무수한 장미가 피어 있다. 천사 As가 그중에서 처음으로 연분홍 장미 한 송이를 고른 다음 검은 장미를 골랐다.

인어들이 두 송이 장미를 댄스홀로 가져왔다.

인어들은 다가와 내 왼쪽 가슴에 분홍 장미를 꽂았다.

그 순간 무수한 입자가 모이더니 단숨에 거품처럼 튀었다.

그러자 갑자기 장밋빛 드레스가 바람에 나부끼며 나타나 내 몸을 부드럽게 감쌌다.

"와…!!"

절로 감탄의 목소리가 터져 나왔다.

무슨 마법 같다. 반짝이는 입자가 춤을 춘다.

천사 As가 다가와 의기양양하게 물었다. '비밀의 장미' 마음에 들어? 천사 As를 올려다보고 최고라며 미소 지었다.

다른 인어들은 용의 왼쪽 가슴에 검은 장미를 꽂았다.

용의 가슴에 달린 검은 장미에도 무수한 입자가 모이더니 단숨에 퍼져 멋진 검은 정장과 망토로 변했다. 멍의 모양이 새로운 망토에 새겨진다.

고개를 돌려 용을 봤다.

용도 고개를 돌려 나를 봤다.

무너진 어둑한 댄스홀에 무수한 입자가 모인다. 그리고 단숨에 터지더니 눈부시고 화려한 댄스홀로 변모했다.

춤을 추자고 용에게 두 손을 내밀었다. 하지만 용은 저항하듯 몸을 뺐다. 두 손을 뻗은 채 춤을 청하며 한 걸음 앞으로 나아갔다. 당황하면서도 용은 조심스레 왼손을 들어 올렸다. 그 손을 잡았다.

한 박자 쉬고, 둘이 천천히 돌기 시작했다.

처음에는 그저 서로의 손을 붙잡고 도는 것일 뿐이었다. 그러나 곧 8분의 6박자 스텝을 밟기 시작했다. 용은 오른손을 내 허리에 둘렀다. 그리고 왼손으로 내 손을 꼭 잡으니 정식 댄스 자세가 되었다.

서로를 바라보며 스텝을 밟았다. 어느새 댄스홀 바닥에서 발이 붕 떴다. 마치 투명한 계단을 오르듯 공중을 회전하면서 무너질 듯한 돔까지 쑥쑥 올라간다. 두근거리는 고양감에 절로 미소가 흘러넘쳤다. 그런 내 눈을 용은 눈을 동그랗게 뜨고서 바라보고 있다.

인어들이 이쪽을 올려다보고 있는 모습이 보였다. 미소를 짓고 있는 것을 보니 내게 품었던 유감도 조금은 푼 듯

하다. 인어들은 용에게 충성을 다하는 존재다. 인어들에게 내가 방해꾼이 되지 않게 해주세요.

성의 돔에서 입자가 부서지더니 그곳에서 한 줄기 빛이 혜성처럼 상승한다.

그 빛은 나와 용이었다.

하늘을 가득 메운 무수한 별 가운데 몸을 붙인 채 인공위성처럼 회전했다.

혼자 살겠다고 당신은 말하지만
사실은 수없이 수없이 자신을 설득한 밤이 있었죠?

하지만 당신을, 당신을
어떤 당신이라도 보고 싶다고
늘 생각하고 말아

들려줘, 숨기려는 당신의 얼굴을
보여줘, 숨기고 마는 당신의 마음을 들려줘
무엇이든 상관없어, 끝까지 들을 테니까
열고서 곁으로 가고 싶어, 당신 마음에

춤추면서 용을 바라봤다.

용은 당황한 눈동자 그대로 이쪽을 바라볼 뿐이다. 싸우기만 했던 용. 싸우지 않는 상황이 정말 처음인 듯 보였다.

그런 생각을 하자 내 마음속에서 고통에 가까운 사랑이 싹트는 것을 또렷이 자각할 수 있었다. 그 마음을 담아 용의 얼굴에 손을 대고 조금씩 얼굴을 가져갔다. 천천히 눈을 감고 입술을 내밀었다.

용은 깜짝 놀라더니 그래도 눈을 꼭 감았다.

시기적으로 너무 이른 것일지도 모른다.

미소를 짓고 살포시 용의 얼굴에 뺨을 댔다.

첫 키스는 다음으로 미루자.

용은 조심스럽게 손을 뻗어 살포시 나를 안고는 천천히 눈을 감았다.

그리고 성으로 돌아왔다.

별이 가득한 하늘 아래, 검은 발코니에서 몸을 서로 기댔다. 내 품에 안겨 무방비한 상태로 용이 잠들어 있다.

얼마나 시간이 지났을까.

쨍그랑, 어디선가 도자기 같은 게 깨지는 소리가 났다.

용은 퍼뜩 눈을 뜨고 고통스러운 듯 신음했다.

"으… 으으… 으으으… 으윽…"

"왜 그래…? 응…?"

용과 주근깨 공주

물어도 대답하지 않는다. 용은 얼굴을 가린 채 일어나 몸을 떨면서 저쪽으로 가려 했다. 하지만 도중에 견디지 못하고 무릎을 꿇고서 몸을 웅크렸다.

그리고 믿을 수 없는 일이 벌어졌고 그것을 보고 말았다.

웅크린 용의 등에 난 멍이 부자연스럽게 떨렸다.

마치 보이지 않는 무언가에 두들겨 맞는 듯.

용은 견디지 못하고 소리를 냈다.

"윽…!! 윽…!! 윽…!! 윽…!!"

이 상황을 어떻게 이해해야 할지 모르겠다.

"무슨 일이… 일어나는 거야…?"

"보… 지 마…!!"

간신히 돌아본 용은 고통스러운 눈빛으로 나를 봤다.

천사 As는 발코니 바닥에 누워 그 모습을 태연히 바라보고 있다.

용에게 속삭였다.

"당신은… 누구…?"

"……."

용은 대답하지 않았다.

무수한 별이 반짝일 뿐이었다.

소 란 스 러 운 마 음

교실 창 밖으로 조용히 비가 내리고 있다.

히로는 턱을 괴고 스크롤하면서 『U』의 댓글 풍선을 읽고 있다.

《벨은 이제 콘서트 안 해?》《벨의 노래를 또 듣고 싶어.》 《왜 노래해주지 않지?》《다시 방해를 받을까 봐 두려운 거야.》《용이 다 잘못한 거야!》《빨리 언베일해라!》

의자 위에서 무릎을 안고 히로가 읽어주는 사람들의 이야기를 들었다.

댓글 하나하나가 다 가슴 아팠다.

"이제 용은 그냥 놔두자. 비밀 같은 거 몰라도 되잖아."

"우리가 그만두자고 해서 될 일이 아니야. 『U』는 학교의 작은 SNS 단톡방이 아니라고. 이제 아무도 못 말려."

히로는 한 익명 게시판으로 화면을 바꿨다.

《용은 사라져!》《용은 전혀 가치가 없어.》《용은 존재할 의미가 없어.》

무자비하고 무심한 악의들이 빼곡히 들어차 있다.

책상에 놓인 내 스마트폰에 저스티스 군단의 동영상이 흐른다.

《용은 『U』의 질서를 위협하는 위험한 존재입니다. 용에 관한 새로운 정보를 찾습니다. 해시태그는 #Unveil_the_Beast.》

모든 곳에서 용은 궁지에 몰린 듯하다.

수염을 기른 남자가 보고 있는 동영상 라이브에서 한 As가 요란을 떨고 있다.

《용은 신선 같은 한심한 노인네야!》

공원 벤치에서 안경을 쓴 어린 여성이 보고 있는 라이브 동영상에서 다른 As가 반론했다.

《용의 정체는 천재 소년 해커라고!》

수업 중인 여중생이 책상 밑에 숨긴 스마트폰 화면 안에서 한 As가 속삭인다.

《용의 내부에는 엄청나게 야한 여자가 있다니까?》

럭비 셔츠를 입은 남자가 사물함 벽에 기대어 라이브 동영상을 보고 있다.

《용은 사실 대부호라는데?》

나이 든 어머니와 딸은 집 소파에서 라이브 동영상을 함께 보고 있다.

《맞붙어 싸워 정신적 상처를 받았으니까 손해 배상을.》

여성이 보고 있는 가십 동영상에서는 기자가 예리넥과 새 애인을 인터뷰하고 있다.

"예리넥, 애인이 죽은 지 얼마 안 됐는데 벌써 데이트하는 겁니까?"

풍성하고 물결치는 금발에 까무잡잡한 피부의 새 애인은 수많은 마이크 앞에서 대답했다.

"이 사람은 최고예요!"

다른 라이브 동영상에서는 하얀 피부에 검은 머리의 전 애인이 쓰고 있는 안경을 번뜩이면서 주장했다.

"잠깐만. 나는 죽지 않았다고!"

"어머, 살아 있다고?" 새 애인의 눈이 커졌다.

"죽은 사람이 그 여자라고는 한 마디도 한 적 없어." 다른 동영상에서 예리넥이 변명한다.

"남의 아이디어를 훔치는 게 그의 특기야. 타투도 용을 보고 베낀 거라고!"

참다못한 전 애인이 분노를 터뜨리며 폭로했다.

"저 여자는 거짓말을 하고 있어!"

예리넥은 당혹스러운 듯 이마를 짚고 고개를 흔들었다.

"그 사람은 사기꾼이야!" 전 애인이 침을 튀기며 말했다.

"지나간 여자는 입 좀 다물면 안 되나?" 새 애인이 어깨를 움츠리며 웃었다.

"뭐라고?!" 전 애인이 눈을 치켜떴다.

초조해진 예리넥은 결국은 카메라를 손으로 막았다.

"표절이라니? 절대 있을 수 없어!!"

와일드비스트의 외야수 폭스는 어떤 일에도 꿈쩍하지 않는 남자로 웬만한 일에는 입을 열지 않는다. 늘 선하게 살려 했고 팬들에게는 늘 미소를 잃지 않았다. 다소 비판받더라도 그 일로 기분이 상하거나 감정적으로 행동하는 일도 없다. 야구는 성적과 기록을 남기면 그만이라고 생각하는 사람이다. 오히려 성적이 좋을수록 겸손해야 한다고 생각했다. 홀로는 어떤 것도 이뤄낼 수 없다. 팀 동료와 팬, 상대팀, 야구를 즐기는 사람들 덕분에 지금 자신이 있다는 것이다.

그렇지만 최근 자신과 관련된 가십—이라기보다는 악질적인 적의는 결코 간과할 수 없다고 느꼈다. 제대로 자신의 진심을 전해야 한다고 진지하게 생각했다. 문제는 어떻게 해야 진심이 전해질 것인가였다.

그가 선택한 것은 개인 라이브 방송이라는 방법이었다.

자신의 조용한 서재를 라이브 방송 장소로 정하고 삼각

대에 스마트폰을 고정한 다음 방송 시작 버튼을 눌렀다.

터틀넥 언더셔츠를 입은 폭스는 팀 모자를 벗어 사이드 테이블에 놓고 조용히 이야기를 시작했다.

"저는 사람들 앞에서 몸을 드러내지 않는다는 이유로 뭔가 숨기고 있다는 의심을 받고 있습니다. 최근 『U』의 용이 제가 아니냐며 호통 치는 사람이 있었습니다. 하지만 저는 나쁜 사람도, 난폭한 사람도 아닙니다. 아이들에게 진정한 히어로가 되고 싶습니다."

폭스는 천천히 자리에서 일어나 언더셔츠를 벗었다. 그리고 카메라 앞에 지금까지 결코 사람들에게 보이지 않았던 상반신을 드러냈다.

그 피부에는 커다란 수술 흉터가 켈로이드 상태로 남아 있었다. 흉터는 목덜미 아래에서 가슴 한가운데, 오른쪽 가슴 옆, 배 위쪽, 배 중앙에 각각 흩어져 있었고 덧붙여 오른쪽 몸통에는 드레인을 꽂았던 구멍 흔적이 점점이 있었다.

그야말로 상처투성이였다.

"부디 놀라지 말아주세요. 어릴 때 저는 중병을 앓아 큰 수술을 여러 번 받았습니다. 하지만 덕분에 저는 야구를 할 수 있는 몸이 되었습니다."

폭스는 담담하게 말하고 가슴에 손을 댔다.

"그러니까 이것을 본 어린이들도 꿈을 포기하지 마십시

　　　　　　　　　　　용과 주근깨 공주

오. 이 메시지가 잘 전달되길 빕니다."

『U』에서는 엄청나게 많은 모니터에 폭스의 라이브 동영상이 흐르고 있었다. 생생한 흉터를 스스로 밝혀 보는 이들에게 충격을 주었으나 그의 진심이 전해지면서 긍정적인 댓글 풍선이 다수를 차지하게 되었다.

폭스의 진심 어린 모습을 『U』의 As들은 환호하며 받아들였다.

그 화면을 보면서 히로 As는 팔짱을 꼈다.

"음~~."

수상하게 여기던 사람이 폭스였던 터라 예상이 빗나가 당황한 것이다.

"그럼 용은…?"

그를 따르는 인어들은 잠들어 있다. 성에서의 댄스 이후 히로 As가 대장이 되어 인어들을 돌봐주기로 했다.

"용서할 수 없어!"

갑자기 어디선가 익숙한 목소리가 들려 히로 As는 돌아봤다.

"아!"

떠오른 대화면에 메시지 광고가 나오고 있다. 다양한 언어로 적혀 있다.

《You hurt me.》(너는 내게 상처를 줬어.)

혹시…? 히로 As는 왠지 마음에 걸려 다가가 살폈다.

화면에서는 곰 인형을 안은 갓난아이 As가 신경질적으로 소리치고 있다.

"절대 용서할 수 없어! 내게 상처를 준 놈들은 절대로 용서할 수 없어!"

"혹시… 당신, 이상적인 주부!"

"아니?!"

갓난아이 As(스완)는 자신의 정체를 맞힌 사람의 목소리에 흠칫 놀라 쳐다봤다.

히로 As는 눈을 크게 뜨고 물었다.

"왜 아기야?"

"지, 진정한 나는 순진무구한 마음의 소유자라고!"

"거짓말이지? 귀여운 캐릭터면 아무리 험한 말을 해도 용서받을 거라 생각했지?"

"으으으…!! 입 닥쳐!!"

가차 없는 지적에 갓난아이 As는 갑자기 곰 인형을 내던졌다.

"앗!!"

히로 As가 몸을 움츠리는 사이 갓난아이 As는 획~~!! 엄청난 속도로 사라졌다. 히로 As는 어깨를 툭 늘어뜨렸다.

용과 주근깨 공주

의심하고 있던 사람이 스완이었는데 아무래도 이 사람도 아닌 듯하다.

『U』중심에는 타임스퀘어처럼 대형 모니터가 여러 대 설치되어 있다. 그곳에는 다양한 벨… 내 모습이 나오고 있다. 그것을 본 As들이 수많은 말풍선을 띄운다.

《저기, 벨이 다시 노래해준다는 게 정말이야?》《소문일 뿐이라고.》《하지만 서프라이즈로 노래한다던데.》《그거 완전 엉터리라니까.》《하지만 혹시 사실이면….》

현재 노래할 생각은 없다. 그런데 사람들은 저마다 기대하고 낙담하며 희망을 품고 있다. 어떻게 대답해야 할지 몰라 당황스러운 마음에 스톨로 얼굴을 가릴 뿐이다.

"……?!"

인기척을 느껴 휙 돌아봤다.

어느새 저스티스 군단 간부들에게 포위되어 있었다.

히로 As와 인어들과 떨어져 혼자가 되는 시간을 노린 것이다.

"……!!"

그대로 감금당하고 말았다.

옷걸이에 스톨, 재킷을 걸게 하고 나무 의자에 앉혔다. 천장의 조명을 받는 원형 대리석 바닥 이외의 주위 공간은 캄캄해 마치 무대 위에 있는 것 같다.

저스틴은 검은 정장에 넥타이를 매고 있다. 내게 오른손 문장을 내밀어 보여준다.

"이 빛이 왜 정의의 힘인지 아나?"

"……."

대답하지 않자 저스틴은 문장을 거뒀다.

"일반적으로 디바이스를 통해 읽어들인 생체 정보는 특수한 과정을 거쳐 등록된 As로 변환된다. 하지만 이 빛은 그 변환을 완전히 무효로 만들지. 오리진 자체가 그대로 『U』 공간 위에 묘사되고 마는 거다. 이것이 언베일의 구조지. 창조주 『Voices』만 가진 권한과 똑같은 힘이 내게도 있다고 할 수 있다."

"……."

"자, 이제까지 이런 생각을 해본 적 없나? '인터넷 내부에는 왜 경찰이 없을까?' 현실과 『U』의 경계가 거의 사라진 오늘날, 경찰 기능이 여기 『U』에 없는 것은 이상한 일이지. 모두가 느끼는 의문이다. 맞아, 당연하지. 그런데도 『Voices』는 '공평하기 위해 필요한 것은 이미 다 있다'며 전혀 말을 들어주지 않았어."

저스틴은 의분에 찬 표정으로 저편을 응시했다.

"하지만 우리는 그렇게 생각하지 않는다. 어디에나 악인은 있다. 사람에게 피해를 주고 질서를 흩트리는 놈이 있

216 　　　　　　　　　　　　　　　　　용과 주근깨 공주

다. 제멋대로 행동하며 세상을 비웃는 놈이 있다. 그러므로 대항할 힘도 필요하다. 어떤 곳에서나 정의는 필요하다. 악을 물리칠 힘이 필요하다. 그런 일을 하는 사람이 바로 우리라고."

흥분하며 오른손 주먹으로 왼손바닥을 탕탕 내려쳤다.

"……."

"용. 추악한 용. 놈이야말로 여기『U』를 유지하기 위해 언베일해야 하는 존재다. 그런데…."

저스틴은 천천히 이쪽을 바라봤다.

"왜 너는 늘 용과 있지?"

그 질문을 나도 스스로에게 다시 던졌다.

"왜…?"

그날 밤과 같은 연분홍색 장미가 가슴에 있다. 그것을 가만히 바라봤다.

저스틴은 무표정한 얼굴로 내려다봤다.

"용의 거처를 말해. 입을 다물면 그만이라고 생각하지 마. 당장 말해. 아니면."

오른손을 사자 머리로 순식간에 변형시키더니 이쪽으로 내밀었다.

"지금 여기서 너를 언베일해줄까?"

"……."

하지만 이전처럼 동요하지 않았다.

"…알아도 말 못 해."

"뭐라고?!"

저스틴을 올려다보며 조용히 말했다.

"당신은 정의 같은 게 아니야. 그저 다른 사람을 굴복시키고 싶을 뿐이지. 그러니까 말하지 않겠어."

"……!!"

저스틴은 갑자기 분노를 폭발시켰다.

느닷없이 커다란 손이 내 머리를 움켜쥐었다.

"윽!!"

옷걸이가 쓰러진다. 마치 권총의 공이치기를 꺾은 듯 사자 머리 안에서 렌즈가 나타난다. 의자가 뒤로 벌러덩 넘어진다. 흔들리며 가슴에 달린 장미에서 꽃잎 하나가 떨어진다.

"?!"

저스틴은 움켜쥔 내 얼굴 바로 앞에 렌즈를 들이대고 강한 분노를 담은 목소리로 고함친다. 렌즈가 빛을 내기 시작한다.

"더 이상 내 발목을 잡으면 절대 용서하지 않아. 언베일 같은 거 못 할 거라고 생각하지? 좋아. 그럼 지금 당장 해주지."

도망치려 해도 너무나 강한 힘으로 내리누르고 있으니 뿌리칠 길이 없다.

"세계적인 디바의 진짜 모습은 무엇일까? 그 아름다운 피부 밑에 어떤 얼굴이 숨어 있을까? 대략 상상이 가긴 하지만 말이야. 어차피⋯."

가슴이 쿵 내려앉았다.

"만약 진실이 밝혀지면 도대체 누가 너 같은 것의 노래를 열심히 들을까⋯?"

저스틴은 흉포한 눈빛으로 비웃는다. 남에게 상처 주는 일을 진심으로 즐기는 모양이다.

"그렇게 되고 싶지 않으면 말해. 놈은 누구지? 지금 어디 있지?"

도망칠 수 없다. 이제 끝났구나.

그렇게 포기하려던 때였다.

"찾는 물건이라도 있나요?"

어디선가 익숙한 목소리가 들렸다.

"뭐?"

저스틴은 곁눈질했다.

캄캄한 방이었는데 어느새 온통 새하얀 사막 위에 서 있다.

"이건 뭐야?!"

"당신에게만 알려주죠. 다른 사람에게는 비밀이에요."

인어들이다.

파란 물이 샘솟는 오아시스 앞에서 인어들이 호호호 혹은 키득키득, 킬킬, 웃으면서 고혹적으로 원을 그리고 있다.

"젠장…!"

이 기묘한 상황에 동요한 저스틴은 큰 소리와 함께 인어들을 뿌리쳤다.

"입 닥쳐!!"

인어들은 순식간에 송사리들처럼 흩어졌다.

동시에 활활 거대한 불꽃이 일었다.

"으악!!"

저스틴은 놀라며 돌아보았다.

불꽃이 천장까지 올라가 소용돌이쳤다. 눈 깜짝할 사이에 작열하던 불꽃은 대량의 물로 변했다.

쫘아악, 폭포처럼 떨어지는 물줄기 몇 개가 저스틴의 몸에 쏟아진다.

"윽!! 젠장!!"

온몸이 흠뻑 젖었다. 실컷 우롱당하고 있다.

고개를 드니 떨어지는 물줄기 사이로 말간 표정의 인어들이 보였다.

"아!"

눈이 마주치자 인어들이 서둘러 도망쳤다.

저스틴은 인어들을 노리며 다가가 오른 주먹으로 힘껏 쳤다.

"꺅!!"

작은 인어가 힘없이 날아갔다.

물줄기는 그 순간 어딘가로 사라져버렸다.

"헥… 헥….."

어느새 벨의 모습도 사라지고 눈앞에는 대리석 바닥만이 있었다.

꿈에서 갓 깬 듯 혼란을 정리하려고 저스틴은 주위를 신중히 살폈다.

"……?"

쓰러진 의자 옆에 연분홍색 장미 꽃잎 하나가 떨어져 있다.

그것을 집어 올린다.

꽃잎을 살짝 기울이자 디지털 데이터가 살짝 비쳐 보인다.

"……."

무슨 꿍꿍이라도 떠올린 듯 저스틴은 씩 웃었다.

나는 히로 As에 이끌려 중심 시가지 공원을 서둘러 지나갔다.

"도와줘서 고마워."

인어들에게 인사했다.

인어들은 고개를 끄덕이더니 저스틴에게 맞아 눈이 돌아가버린 작은 인어를 재빨리 보살폈다.

"정말 다행이었어."

히로 As는 안심한 듯 말했다.

하지만 내 기분은 영 찜찜했다.

용이 전보다 더 위험한 상황에 있음을 깨달았기 때문이다.

늦은 저녁, 후가가 정원에서 밥을 먹는 것을 무릎을 안은 채 바라보고 있다.

하지만 머릿속은 용 생각뿐이다.

"그에게 위험이 닥치고 있어. 편이 되어줘야 해…. 지켜줘야 해…."

그때 목소리가 들렸다.

"스즈."

"…응?!"

반사적으로 일어났다.

아버지였다.

돌아왔는지 전혀 몰랐다. 몸을 움츠리고 경계하듯 낮게 말했다.

"…왜?"

"힘든 일이 있으면…."

"없어."

"말해라. 뭐든….."

"없다니까!!"

아버지의 도움을 거부하듯 마당에서 집 안으로 달려 들어갔다. 거실을 지나 2층 계단을 올라갔다. 내 방으로 들어가 문을 쾅 닫았다.

"……."

남겨진 아버지는 어떤 기분일까. 상상해본다. 이런 버릇없는 딸, 분명 싫겠지.

조금 있다가 1층으로 내려가니 아버지가 들고 있던 종이 봉투가 부엌에 놓여 있었다. 봉투 안에서는 잘 익은 복숭아가 달콤한 향기를 뿜고 있다.

옆에 놓인 종이에 메시지가 적혀 있다.

—직장 동료에게서 받았다. 맛있게 먹으렴. 아버지

여름의 녹음이 빛나고 있다.

폐교 초등학교의 체육관에서 성가대 여성들의 목소리가

들린다.

"사람이 줄어 이 지역은 확실히 사라질 운명에 있습니다. 아름다운 산도, 맑은 물도 이제 볼 사람이 없겠죠. 사실 대도시 외에는 다 비슷한 처지입니다. 그러므로 이곳이 바로 우리나라의 미래 모습일지 모릅니다."

다른 현에서 시찰을 온, 마찬가지로 인구 감소로 고민하는 사람들이 여성들의 말을 조용히 듣고 있다. 듣는 사람의 반은 여성이다.

"그러면 왜 이런 데 살아? 이런 질문을 자주 받아요." 기타 씨가 부드럽게 말했다.

"도시가 더 편리하지 않으냐고. 맞아요." 하타나카 씨가 말을 더했다.

"그래도 우리는 왜 이곳에 살까? 그건⋯." 허리에 손을 대고 오카모토 씨가 말했다.

업라이트 피아노 위에 놓인 사진 속에 10년도 더 예전의 여성들이 찍혀 있다. 아직 여섯 살밖에 되지 않았던 나, 그리고 엄마와 함께.

나카이 씨가 생각난 듯 말했다.

"아직 이곳에 아이 하나가 남아 있어요. 어릴 때부터 같이 살아서 우리 아이 같아요. 그 아이를 위해 고향이 사라지는 속도를 조금이라도 늦추고 싶어요. 그 아이가 독립해

떠날 때까지 노력해야죠."

시찰 온 사람들은 꼼짝도 하지 않고 가만히 그 이야기를 듣는다.

그런 분위기를 풀려는 듯 요시타니 씨가 고개를 기울이며 미소 지었다.

"…호호호, 앞 얘기가 길었네요. 그럼 우리 노래를 들려드릴게요."

다른 사람들도 미소를 지으며 악보를 펼쳤다.

체육관에 노랫소리가 울려 퍼진다.

사진에 찍힌 지금보다 열 살도 더 젊은 여성들의 미소는 아름답다.

그리고 지금도 역시 이 여성들은 여전히 아름다웠다.

작은 사랑

디젤 엔진 소리와 함께 스사키행 기차는 나를 내려놓고 이노역을 출발했다.

집에 가려고 플랫폼을 나와 정기 승차권을 보여주고 개찰구를 통과한다.

대합실 벤치에 앉아 있던 여학생이 내 모습을 보고 일어났다.

"스즈."

내 이름을 불러서 돌아봤다.

"루카…?"

왜 이 역에?

루카는 당장이라도 무슨 이야기를 털어놓을 것처럼 절박한 표정이었다. 알토 색소폰 케이스를 짊어지고 있는데 지금은 아직 이른 시각이다. 동아리 활동을 빠지면서까지 일부러 이곳까지 온 이유가 있겠지 상상했다.

루카와 함께 버스를 탔다.

산속을 달리는 국도 위에서 함께 흔들렸다.

루카는 맑은 니요도가와 하얀 강변의 대비가 예쁘다고 말한다. 칭찬을 받으니 기뻤으나 풍경을 보러 온 것도 아닐 텐데. 말을 꺼내기 영 힘든 것 같다.

정류장에서 내려 둘이 잠수교를 건넜다. 산들에 구름 그림자가 떨어져 천천히 이동했다.

"좌초되고 말았어."

갑자기 루카가 말했다.

"좌초?"

"네가 응원하겠다는 말에 힘을 얻어 출항해볼까 했지."

"응."

"그런데 좋아하는 사람 앞이라 제대로 말이 안 나오더라."

"응."

"그랬더니 그 사람, '아니, 그 반응은 뭐지? 기분 나빠'라고 하더라…."

다리 중간에서 루카가 걸음을 멈추고 말았다.

"어?! 뭐라고?!"

"아니야. 그런 말을 들어도 싸지. 자신감이 전혀 없는 내가 문제야. 정말 한심했어…."

루카는 머리를 흔들며 애써 미소를 지었다가 힘없이 고

개를 숙이더니 눈을 감고 말았다. 왜 이렇게 귀여운 아이에게 뼈아픈 상처를 주는가?

"그럴 리 없어! 그럴 리 없지! 에잇, 시노부 너무해!"

"어? 아니, 아니야!" 루카가 퍼뜩 고개를 들더니 두 손을 흔들며 부정했다.

"뭐라고? 그러면?"

"…치카미." 루카는 아래를 내려다보며 말하기 힘든 듯 중얼거렸다.

"치카미?"

"치, 카미… 신, 지로…." 당혹스러운 듯 눈빛이 흔들리더니 간신히 목소리를 짜냈다.

"카미신?!" 내가 놀라 소리쳤다.

루카는 눈을 감고 고개를 크게 끄덕였다.

집에 도착해 부엌에서 차를 끓였다.

차갑게 보관해둔 복숭아를 썰어 아이스티에 넣었다.

마당에서는 루카가 앞다리 끝이 없는 후가를 조금도 꺼리지 않고 머리와 턱 밑을 마구 쓰다듬으며 얼굴을 갖다대고 있다.

"아이…! 너무 귀여워. 하하하."

후가는 꼬리를 살살 흔들며 루카의 뺨을 열심히 핥았다.

툇마루에 걸터앉아 루카와 복숭아 아이스티를 마셨다.

얼음이 짤랑 시원한 소리를 낸다.

"맛있다!"

"다행이네."

후가는 루카의 발치에 엉덩이를 보이며 앉아 있다. 그녀가 마음에 든 것이다.

"그런데 네가 누굴 좋아하는지 알아버렸네." 루카는 잔을 내려놓고 곁눈질로 이쪽을 봤다.

"아, 안 돼. 말하지 마라. 말하면 죽어버릴 테니까." 초조해져서 손을 들어 제지했다.

"응. 하지만 언제부터?" 루카가 고개를 들이민다.

생각하듯 하늘을 올려다봤다.

여름철 소나기구름이 서서히 커지고 있다.

"여섯 살 때, '내가 지켜줄게'라는 말을 해줬어. 처음에는 그 말을 듣고 프러포즈를 받은 줄 알았어. 사실은 '괴롭히는 놈이 있으면 지켜줄게'라는 뜻이었는데. 물론 프러포즈 같은 건 전혀 아니었고."

"……."

"엄마가 죽고 계속 울기만 하니까 반 아이들은 날 무서워해서 가까이 오지 않았거든. 그래서 곧 괴롭힘을 당하겠지 생각했나 봐. 그래서…"

이 빠진 머그컵으로 아이스티를 마시고 있었다.

루카는 내가 머그컵을 내릴 때까지 가만히 보고 있었다. 그리고는 미소를 지으며 화제를 바꾸려는 듯 앞을 봤다.

"좀 이상한 얘기일지 모르겠지만, 난 걔가 늘 네 엄마 같더라. 전부터 그렇게 생각했어."

"엄마?"

"아니, 그렇잖아. 아무 일도 없는데 '괜찮니?' '별일 없니?' 이런 말을 늘 물어대잖아? 시노부는 남자인데 참 이상하다 싶었지⋯."

이름을 말했다는 사실을 깨닫고 긴 손가락을 입에 대며 웃었다.

"앗! 말해버렸네. 후후후."

나도 따라 웃었다.

"하하하. 죽었어."

둘이 함께 웃었다.

"하하하하."

우리는 다시 버스를 타고 니요도가와 강변 국도를 달렸다. 이노역에 도착해 버스에서 내려 이야기를 나누며 기차역 건물로 들어갔다. 고치역행 기차가 와 있다.

개찰구 앞에서 루카가 돌아봤다.

"그럼 다음에는 그 추억의 폐교에 데려가줘."

"그럴게."

"또 올게."

"응."

나도 웃음으로 대답했다.

루카는 대합실 구석으로 시선을 돌리더니, 뭔가를 발견한 듯 작게 소리를 질렀다.

"앗!"

루카의 시선을 따라갔다.

벤치 한쪽 구석에 앉아 스마트폰을 보고 있는 남학생이 있다.

"…카미신."

"어!"

카미신은 앉은 채 고개만 들었다.

루카는 카미신을 발견하고는 꼼짝도 못 했다. 카미신도 시선을 피하지 않고 가만히 있다. 너무나 어색한 시간이 속절없이 흘렀다. 기차와 버스는 더는 기다릴 수 없다는 듯 저마다 출발해 가버렸다.

대합실 끝과 끝에 있는 둘의 얼굴을 번갈아 봤다.

내가 무슨 말이든 해야겠다.

이 교착 상황을 타개해야 해….

"아! 있잖아, 여름방학 때 어디 놀러 가자. 루카, 어디 가고 싶어? 카미신, 어디 갈 데 없냐?"

"나는 좀."

"뭐?"

"인터하이."

"아, 맞다! 그랬지? 아, 그럼 보러 갈게. 어디서 하니? 어디든 갈게."

"홋카이도."

"…음, 거기는 너무 멀잖아?"

"나야 어쩔 수 없지."

"더 가까운 데서 할 수 없을까?"

"억지 부리지 마."

"으, 으, 으." 루카가 갑자기 목소리를 냈다. "으, 응원할게."

"…응원?"

"너를…." 루카는 기어들어가는 목소리로 말했다.

응원이라는 말에 카미신이 반응했다. 스포츠 가방을 메고 벤치에서 일어났다.

"으, 응원…?"

"카미신!"

"스즈야."

"왜?"

"응원해준다는 건 말이야."

"응."

"오호! 와타나베가 나를 좀 좋아한다는 말일까?"

루카는 두 손으로 꼭 쥐고 있던 책가방을 툭 소리를 내며 바닥에 떨어뜨렸다.

곧바로 카미신은 미리 준비한 듯 두 손을 들어 제지하며 쓸쓸하게 웃으면서 말했다.

"아니, 거짓말이야. 농담. 농담!"

하지만 루카는 새빨개진 뺨을 두 손으로 감싸고 잠자코 고개를 숙였다.

"…어?"

이상한 분위기를 감지한 카미신이 무슨 일이냐고 묻는 듯 나를 봤다.

카미신을 보며 크게 고개를 끄덕였다. 좋아한다고!

"뭐…?"

역시 무슨 소리인지 알아듣지 못한 카미신은 멀뚱한 표정으로 다시 나를 봤다.

다시 크게 고개를 끄덕인다. 네 말처럼 좋아한다니까!

카미신은 그제야 알아차린 모양이었다.

"뭐?!"

카미신은 휘청거리더니 몸이 굳은 채 한참 움직이지 못했다.

그 후 몸을 뒤로 젖힌 채 뒷걸음질로 물러나더니 기차역에서 나갔다.

"아!! 야, 잠깐만."

그를 쫓아갔다.

기차역 밖에서 카미신을 붙잡았다. 그는 혼란스러워하고 있었다.

"왜 도망쳐!!"

"아니, 그게, 나 지금까지 여자한테서 좋아한다는 말을 들어본 적이 없어."

"지금 들었잖아? 응원한다고."

"…그랬지."

"좋지 않아?"

"…좋아."

"그러면 제대로 대답해야지."

"…그런가?"

카미신은 어색하고 이상한 걸음걸이로 루카 앞으로 나아갔다.

"나… 어…"

두 손으로 얼굴을 가린 루카에게 굳은 표정으로 말을 걸려 한다.

"아아아아아!!"

몸을 젖힌 채 잽싸게 뒷걸음질로 다시 기차역 밖으로 나가버렸다.

"야, 거기 서!"

다시 쫓아갔다.

기차역 밖에서 카미신을 붙잡았다. 더 혼란스러워하고 있다.

"나, 여자랑 어떻게 얘기를 해야 하는지 몰라."

"뭐든 좋아. 고맙다고 해도 되고 열심히 하겠다고 하든지."

"…그래?"

"제대로 마음을 전하라고."

"…그런가?"

잠시 후 카미신은 어색하고 이상한 걸음걸이로 다시 루카 앞으로 가서 역시 몸을 젖힌 채 멈춰 섰다.

"……."

카미신은 두 손으로 얼굴을 감싸고 있는 루카에게 굳은 얼굴로 말을 걸었다.

"루, 루카."

"…응."

루카는 얼굴에서 두 손을 뗐다.

"아… 평소에 뭘 해?"

"…음악."

말하며 오른쪽 어깨의 색소폰 케이스를 보여줬다. "너는 뭘 들어?"

"베, 벨 정도?"

"?!"

갑작스러운 전개에 가슴이 내려앉았다.

루카의 얼굴이 확 밝아졌다.

"어머, 벨! 나도 정말 많이 들어."

카미신도 웃는다.

"정말? 똑같네."

"저렇게 노래하면 좋겠다 싶어서 늘 동경하고 있지…. 웃을지도 모르지만 닮았다는 소리도 좀 들었고."

"?!?!?!"

나는 튀어 오를 정도로 몸을 뒤로 젖혔다.

"맞아. 무척 닮았어."

"자의식 과잉이지만."

"아냐. 정말 닮았어. 어? 왜지? 친척? 친척이야?"

카미신이 진지하게 말하자 루카는 달아오른 뺨을 손등으로 식힌다.

"…부끄러워."

몸을 뒤로 젖힌 채 둘 모르게 조심스레 뒷걸음질로 물러나 기차역에서 나왔다.

카미신은 아까보다 훨씬 자연스럽게 얘기하고 있다. 루카도 완전히 긴장을 풀고 얘기한다.

"하코다테 조선소에서 할아버지가 일해서서 늘 여름이면 가족이 다 놀러 가. 그러니까… 정말 인터하이, 응원하러 갈게."

"아, 아아! 진짜 응원해주러 오면 반드시 이길게. 잘 봐!"

"…응."

역 로터리를 넘어 다음 교차로까지 갔다. 고개를 돌려 기차역을 본다. 쿵쾅대는 가슴에 손을 얹고 안도의 숨을 내쉰다.

"위험할 뻔했어…."

벨 얘기를 현실에서 들으면 늘 이렇게 심장이 쿵쾅거려 숨길 수가 없다. 루카와 카미신 앞이라면 더 그렇다.

"하지만… 정말 잘됐다."

서로 마음을 터놓으니 분위기가 정말 좋았다. 틀림없이 잘될 거다. 누군가 방해만 하지 않으면….

"스즈!"

소리가 들려 교차로를 돌아봤다.

빨강 신호등 너머 편의점 앞에서 시노부가 이쪽을 보고 있다.

"…아!"

"카미신 봤어?"

기차역을 돌아봤다. 둘이 대화하고 있는 모습이 조그맣게 보인다.

"응. 아니."

끄덕이다가 고개를 흔들었다.

"어느 쪽이야?"

"응. 아니."

지금 아주 중요한 순간이니까 두 사람을 그냥 놔뒀으면 하는 마음을 담았다.

자동차 몇 대가 우리 사이를 지나갔다. 옷과 머리가 흙먼지를 실은 바람에 나부꼈다.

시노부는 화제를 바꿨다.

"스즈, 있잖아… 나, 계속 네게 하지 못한 말이 있어."

"응?"

"너 말이야…"

시노부는 앞으로 아주 중요한 얘기를 할 것 같다.

"아…!"

그 내용을 미리 상상했다. 혹시. 지금. 설마! 하지만 어쩌면.

그럴 일은 절대 없어. 하지만. 하지만. 하지만… 뺨이 붉어진다. 드디어 기회가 온 것인가? 내내 전하고 싶었던 마음을 지금이라면 제대로 전할 수 있을까?

"시, 시노부, 미안! 나도 지금까지 네게 못 한 말이 있어."

"…아아."

"나 말이야, 실은."

"알아."

"나, 사실은, 사…."

"너, 벨이지?"

"어?"

순간 그 자리에 얼어붙고 말았다.

"사실 벨은, 너지?"

시노부는 길을 끼고 분명히 말했다.

너무나 큰 충격에 온몸이 부들부들 떨렸다. 발밑이 푹 꺼져 떨어지는 감각이 엄습했다.

"아아아아아!!"

"스즈."

여러 대의 자동차가 우리 사이를 지나갔다. 옷과 머리카락이 바람에 나부낀다.

자동차 너머로 부정했다.

"아, 아아, 아니야!"

"스즈."

"아니라니까!!"

비명처럼 소리쳤다.

자동차가 우리 사이를 연달아 지나갔다. 센 바람이 불자 시노부는 눈을 가늘게 떴다.

자동차가 다 지나갔을 때 길 건너편에는 아무도 없었다.

"어?"

시노부는 조금 전까지 그 자리에 있던 나를 찾아 이리저리 살폈다.

"스즈? 어디 갔어? 스즈?"

니요도가와 강가까지 열심히 달려 도망쳤다.

"헉헉, 헉헉."

동요하고 말았다.

다리가 덜덜 떨려 힘이 들어가지 않았다. 땅에 무릎을 대고 머리를 감싸 쥔 채 고개를 흔든다.

"아아아아아!"

이게 무슨 일이란 말인가. 시노부가 알다니. 필사적으로 숨겨온 비밀을 제일 알리고 싶지 않았던 사람에게 완전히 들키고 말았다. 너무 부끄럽다. 이제 끝이다. 모든 게 끝이다. 절망뿐이다.

"아아아아아, 어쩌지! 다시는 시노부 앞에 나서지 못하겠어. 그럴 수 없어…."

두 손으로 얼굴을 가리고 몸을 덜덜 떨면서 울었다. 우는 것 외에는 할 수 있는 게 없었다.

그때 웅, 착신 진동이 울렸다.

"웅?!"

받으니 스마트폰 너머에서 히로가 소리쳤다.

"스즈!! 용에게 큰일이 생겼어!!"

정
체

저스티스 군단이 폐허 유닛에 집결했다.

　공원 지구에서 고층 빌딩 지구로 이어지는 문을 통과해 '숨은 폭포'와 '기묘한 원시림' '수평의 해안가'가 순식간에 떠올랐다가 곧 시야가 온통 구름으로 가득해졌다. 원래 이것들은 제3자의 침입을 거부하는 방호벽 기능을 하고 있었을 텐데 저스티스 군단은 그것을 순식간에 통과했다. 마치 전용 패스 코드라도 가진 것처럼.

　운해가 걷히며 용의 성이 모습을 드러냈다.

　그곳은 이전의 폐쇄 공간이 아니라 『U』의 중심 시가지와 마찬가지로 일상적인 공간이 되고 말았다.

　용의 성이, 사방에서 훤히 보였다.

　《용의 성이?》《드디어.》《밝혀졌다….》

　As들은 군침을 삼키며 지켜보고 있다. 이제부터 무슨 일이 벌어질까?

　콰당, 성문이 부서지고 수많은 대원이 안으로 진입한다.

　　　　　　　　　　　　　　용과 주근깨 공주

"우와아아아아!"

넓은 로비는 순식간에 대원들로 가득 찼다. 해머와 전기톱, 드릴 등을 들고 앞을 다퉈 중앙 계단을 올라 복도를 마구 달렸다. 성안의 모든 장소에서 무질서한 파괴 행위가 이루어졌다.

장미 중정도 예외는 아니었다. 대원들은 함부로 침입해 화원을 유린한다. 연분홍 장미와 검은 장미는 무참히 뽑히고 잘리고 짓밟힌다.

저스틴은 『U』의 모든 As를 향해 발언했다.

"우리는 긴장을 늦추지 않는다! 용의 오리진을 백일하에 드러내겠다!!"

그 손끝에는 그때 주운 장미 꽃잎이 있었다. 꽃잎의 데이터를 분석해 용의 성이 있는 위치를 알아내는 데 성공한 것이다.

"『U』에 사는 모든 사람 앞에서 반드시 죄를 묻겠다!!"

저스틴이 선언하자 뒤쪽에 다수의 기업 로고가 속속 쌓였다. 저스티스 군단의 행동에 동의해 후원하는 기업은 전과 비교할 수 없을 만큼 늘어난 상태였다.

"호호…."

저스틴은 돌아보고 그 수를 하나씩 세며 만족스럽게 웃었다.

《드디어 용의 오리진이, 언베일 되는구나.》

수많은 As가 거리로 나와 지금 벌어지는 일을 지켜보고 있다.

『U』 중심 시가지의 대형 전광판에는 용의 성 습격 상황이 실시간으로 중계됨과 동시에 용의 초상이 크게 클로즈업되어 있다. 초상에는 'WHO IS THE BEAST'라는 자막이 붙어 있다.

《정말 누굴까?》《다들 알고 싶어 하지.》《아직 체포되지 않은 엽기적 범죄자라는 소문이 있는데.》《악질적인 탈세로 돈을 번 실업가래.》

그 초상은 악질적이고 무심한 댓글 풍선으로 빈틈없이 메워진다.

《용을 없애라.》《용은 무가치해.》《용은 존재할 의미가 없어.》

꾹 참아 마루와 환골탈태 타로의 유튜브 채널에서도 용의 성을 중계하고 있다.

꾹 참아 마루가 외쳤다.

"어이, 용! 보고 있어?! 응?!"

환골탈태 타로는 냉정하게 말했다.

"안 보고 있을 거야."

"온 세상 아이들이 라이브로 너를 응원하고 있어! 보고 있어, 용! 응?!"

"안 본다니까. 유감스럽게도."

환골탈태 타로는 메시지를 보낸 전 세계 아이들의 이름을 읽었다.

"Ian 13세, Harper 14세, Amelia 12세."

"용이 어른들에게서 괴롭힘을 당하고 있어!"

아이들이 스마트폰으로 호소하듯 댓글을 단다.

"듣고 있어? 응?! 용!!"

"다음. Oriver 11세, Liam 10세, Emma 9세, Aida 10세."

"용이 불쌍해!"

"착한 아이들이네. 귀여워라."

"다음은 Camille 16세, Jake 13세. 단골이네."

"누가 좀 도와줘요!"

"늘 댓글 달아줘서 고마워! 앞으로도 자주 와줘!"

"자, 다음 Jiali 13세, Yiran 12세, Junjie 13세, Haoran 12세."

"다들 용을 응원하자!"

"듣고 있어, 용! 행복한 자여!"

"다음. Charlie 18세, Leo 9세, 그리고 그 친구."

"아직 시간 있어."

"맞다. 아직 시간이 있구나."

"다음. Tomo 11세. 또 보네."

"용을, 응원, 하자…."

"Kei 14세는?"

환골탈태 타로가 물었으나 Tomo는 대답하지 않고 계속했다.

"용을, 응원, 하, 자…."

그때 갑자기 쿵! 소리와 함께 침입자가 떨어져 둘은 깜짝 놀란다.

"으악!"

"응원은 무슨! 이 바보!"

고글을 쓴 통통한 젊은 남자가 Tomo의 라이브 시청자 수를 가리키면서 조롱했다. "이 녀석의 라이브 시청자는 늘 한 자릿수라고!"

환골탈태 타로와 꾹 참아 마루는 저항했다.

"무례야! 어떻게 들어왔어?! 최악이구나!!"

"뭐야. 너 이 자식, 얼른 나가!"

다른 젊은이들도 아이들의 비디오 채팅 시청자 수를 비웃는다.

"영향력이 너무 없잖아!!" "용 사라져라." "꺼져!"

"그만해! 여기는 우리 장소야!"

"나가! 젠장! 그만해!"

다른 젊은이도 또 아이들의 필사적인 모습을 비웃었다.

"너무 필사적인 거 아니야?!" "용 전하!!" "전하!"

"이제 그만해! 너무해! 그만해!"

"멍청한 놈들! 바보! 나가라고!"

꾹 참아 마루는 침입자들의 사진에 드롭킥을 수없이 날렸다.

"……!!"

나는 벌떡 자리에서 일어났다.

"폐교에서 만나자!" 히로는 전화 너머에서 소리쳤다.

"응!"

조금 전까지 머리를 감싸 안고 있던 것도 잊고, 전속력으로 강가를 달리기 시작했다.

달리면서 귀에 디바이스를 장착한다.

딩동, 확인 음이 울린다. 스마트폰에 『U』앱이 켜진다.

보디 셰어링이 시작된다.

『U』에 들어가는 문에 손을 대고 재빨리 열었다.

여기저기서 연기가 피어오르는 용의 성이 눈앞으로 다가왔다.

부서진 문을 넘어 안으로 들어갔다.

로비는 대원들이 완전히 파괴한 뒤라 기둥이나 난간이 산산조각으로 부서졌다. 중앙 계단을 올라 복도를 지나간다. 벽에는 커다란 구멍이 났고 문은 뜯겼으며 천장 유리도 깨졌다.

댄스홀 입구에서 저도 모르게 숨을 멈췄다.

인어들이 바닥 곳곳에 흩어져 있다.

"헉… 헉… 헉…."

다들 상처투성이로 눈을 감고 고통스럽게 숨을 몰아쉬고 있다.

"앗…."

달려가 무릎을 꿇고 하얀 해삼 인어를 두 손으로 들어 올렸다.

"어떻게…?"

누구에게서 공격당한 거야?

상처투성이 인어가 고통스러운 표정으로 고개를 돌리더니 실눈을 뜨고 중얼거렸다.

"주인님을, 도와줘…."

인어의 마음에 가슴이 먹먹해졌다. 이런 작은 몸으로 용을 걱정하고 있다. 눈물이 난다. 인어들의 마음에 보답해야 한다. 내가 할 수 있는 일이라면 무엇이든.

용과 주근깨 공주

수많은 발소리가 들렸다.

"아?!"

저스틴이 간부들을 거느리고 댄스홀로 들어왔다. 거만하게 팔짱을 끼고 다친 인어들을 내려다보며 말했다.

"용이 있는 곳으로 안내하지 않겠다고 했지?"

"너무해… 왜 이런 짓을?" 그를 올려다보며 항의했다.

"신경 쓰지 마. 어차피 A.I.야." 저스틴은 가볍게 고개를 기울였다. 정말 별거 아니라는 듯.

"……!!"

머리카락이 곤두서는 듯한 강력한 분노를 느꼈다. 그는 모두가 자신의 지배를 받아야 한다고 생각하나?

"아무 데도 없습니다." 대원이 달려와 보고했다.

"이제 됐어. 가자."

간부들이 출구로 간다. 저스틴은 이쪽을 돌아보며 말했다.

"성에 불을 질러라."

숨을 멈춘다.

"……!!"

"어디 숨어 있든지 놈은 시궁창 쥐처럼 기어 나올 테니까."

저스틴은 등을 돌리고 나갔다.

"……!"

너무나 분해 입술을 깨무는 수밖에 없었다.

그때 하얀 해삼 미소녀 인어가 눈으로 어딘가를 가리켰다.

"뒤를… 봐….."

시키는 대로 봤다.

닫힌 바위 문이 보였다. 전에는 분명 열려 있었는데. 문 위쪽의 소용돌이 문양을 기억하고 있다.

"당신에게만, 알려줄게요…."

인어는 천천히 눈을 감으면서 마지막 힘을 짜내 말했다.

그러자 꼭 닫혀 있던 바위에 사각형의 미세한 틈이 생기더니 금이 간 바위 부분이 천천히 안으로 들어갔다.

그리고 비밀 통로가 나타났다.

문을 통과해 낡은 나선 계단을 올라갔다. 이전보다 훨씬 큐브가 늘어났다. 곧 무너질 게 틀림없다. 계단을 다 오르자 발코니가 보였다.

"……!"

용이 쓰러져 있다.

"…아아!!"

서둘러 달려갔다.

용은 어떻게든 일어나려고 발코니 난간을 잡았다.

"헉… 헉…. 으으으윽…."

군단의 공격을 받은 것 같지는 않다. 함께 춤을 춘 밤, 갑자기 등을 웅크리고 고통스러워할 때와 같은 모습이다. 또 보이지 않는 누군가에게서 얻어맞고 있을지 모른다.

"이제 괜찮아. 진정해."

그의 뒤로 돌아가 망토 깃을 잡아당겨 출구로 데려가려 했다.

"걱정하지 마. 이곳은 위험해. 같이 도망치자."

하지만 용은 거친 숨을 몰아쉬기만 한다.

"나만 참으면… 참기만 하면, 그러면 돼…."

마치 자신을 다독이듯 중얼거렸다.

"…나?"

용이 어린 남자애가 쓰는 1인칭을 사용하니. 어울리지 않는다는 느낌이 문득 들었다.

"벨… 사실대로 말하지 못해 미안해…."

용은 다정한 눈빛으로 중얼거리고는 발코니 난간을 잡은 손에 힘을 줬다.

"앗, 잠깐!!"

말릴 틈도 없이 용은 재빨리 난간을 넘어 떨어졌다.

"기다려!!"

용은 낙하하다가 몸을 틀어 상승 기류를 타더니 성의 엄청난 잔해에 섞여 중심 시가지 쪽으로 날아가버렸다.

용이 날아간 하늘을 멍하니 바라볼 수밖에 없었다.

"……"

저스틴의 예고대로 대원들이 용의 성에 불을 놓았다.

여기저기서 화염이 솟아오르고 순식간에 성 전체로 퍼졌다.

용의 방에 있던 벽난로 위 사진도 타들어간다. 갈라진 액자 속 여성의 사진도 불꽃에 사라져간다.

모든 것이 순식간에 타버렸다.

마치 성 전체가 종이로 만들어진 것처럼….

이노역 대합실에서 카미신과 루카가 나란히 스마트폰을 보고 있다.

시노부가 다가왔다.

"어이! 시노부. 이것 좀 봐. 『U』가 난리 났어."

카미신이 화면을 내밀었다.

인터넷 뉴스에서는 타오르는 용의 성을 보여주고 있다. 다른 카메라로 바뀌자 누군가를 찾고 있는 벨이 나타났다. 자막에는 'Belle appears(벨, 모습을 드러내다)'라고 적혀 있다.

시노부는 뚫어지게 화면 속의 벨을 봤다.

"…스즈."

"스즈?"

"녀석, 어디 갔는지 알아?"

"글쎄⋯."

루카의 머리에 떠오른 생각이 있었다.

"참, 아까 스즈와 추억의 초등학교 얘기를 했어. 혹시 거기, 여기서 가까워?"

"⋯⋯!"

시노부는 생각났다는 듯 고개를 들더니 몸을 돌려 재빨리 기차역에서 나갔다.

"어, 어이! 시노부!!"

당황하는 카미신을 내버려두고 루카도 달리기 시작했다.

"어? ⋯루카!!"

카미신도 어쩔 수 없이 뒤를 쫓았다.

그 무렵, 나는 폐교 교실에 막 도착했다.

"스즈! 왜 이렇게 늦었어!"

히로가 돌아보며 소리쳤다.

"미안!"

"일단 관련이 있을 법한 페이지는 자동 검색 걸어놨어!"

대형 모니터의 세계 지도 위에 관련 창이 차례로 열린다.

"저스티스 녀석들에게 잡히기 전에 그의 오리진을 찾아

야 해." 내가 말했다.

"어떻게?" 히로는 불가능하다는 듯 물었다.

"먼 외국일지도 몰라. 지구 반대편일지도 모르고. 50억 개의 계정 중에서 단 하나를 찾아내는 것은 무리야!!"

히로가 비명 같은 소리를 질렀다.

"어디?! 응? 어디 갔어?!"

무수히 많은 빌딩이 번쩍대는 대로 한가운데서 용을 찾고 있었다. 하지만 『U』는 너무 넓고 As도 너무 많다.

반대로 As들이 나를 찾아내는 것은 어렵지 않았다.

《앗! 벨이다!》《벨?!》《벨!!》

얼굴을 가린 손가락 틈으로 본다. 머리카락을 쓸어 올린다. 모든 As가 깜짝 놀라 눈을 부릅뜬다.

《벨이다!》《진짜?》《역시 와줬구나!》

As들이 속속 이리로 모여들었다.

《대단해!》《노래해!》《노래해!!》

"그만해! 그를 찾아야 한다고!"

간청하며 앞으로 나아가려 했지만 순식간에 엄청난 수의 As에 의해 포위되고 말았다.

"비켜! 부탁이야."

As 가운데에서 아우성을 치며 몸부림쳤다. 모여든 As들

용과 주근깨 공주

이 커다란 파도처럼 출렁이며 얼굴까지 파묻어버렸다.

"앗…!!"

속속 모여든 As들이 하나의 둥근 무리로 변했다.

《벨이 드디어 노래할 건가 봐!》《서프라이즈는 진짜였네!》《기다렸어, 벨!》《벨의 노래가 듣고 싶어!》《노래해!!》

군중이 집어삼킨 나를 히로 As가 아연한 채 바라보고 있다.

"다들 벨을 놔줘! 지금 급하다고!"

히로는 열심히 소리쳤으나 그 목소리는 누구에게도 닿지 못했다.

벨의 목소리를 듣고 싶어하는 As들은 계속 몰려들어 점점 커다란 무리를 만든다.

"포위됐어."

밭의 잡초를 제거하던 오카모토 씨가 스마트폰으로 상황을 지켜보고 있다.

"위험한 거 아냐?"

대학 강단에 선 하타나카 씨는 마침 강의를 끝낸 참이다.

"지금 스즈가 있는 곳으로 가면?"

주류 판매점 앞치마를 두른 기타 씨는 사각 테이블의 모서리를 짚는다.

"알고 있었다는 게 들통 날 텐데."

하얀 가운을 입은 나카이 씨는 오늘 진찰을 모두 끝낸 참이다.

"그래도…." 어항에서 멜빵 장화를 신고 있던 기타 씨가 고무장갑을 벗었다. "가보자."

기타 씨의 한마디에 단톡방에 있던 성가대 여성들은 분할 화면 속에서 일제히 움직이기 시작했다.

히로는 대형 모니터에 비치고 있는 As들에게 소리쳤다.

"여러분! 부탁이니까 제발 벨을…!!"

그 옆에서 나는 조용히 가슴에 손을 대고 눈을 감았다.

다시 잘 생각해보자. 그의 진짜 모습을….

『상처받았어!!』

그때 스완은 날카로운 눈빛으로 소리쳤다. 한편 비디오 채팅에서는 우아한 백조 같은 일면도 보여줬다. 극단적인 양면, 그리고 그 내부에 잠들어 있는 것은 울부짖는 갓난아이 As가 드러내던 고독한 마음이었다.

용은 스완과 마찬가지로 고독한 환경에 있을까?

『애인의 상처와 똑같은 곳에 타투를 했어.』

예리넥은 인터뷰에서 그렇게 대답했다. 웹 사이트에는 새하얀 피부에 새겨진 타투를 보여주는 본인 사진이 실려 있었다. 하지만 용의 멍은 그렇게 정교하게 디자인된 게 절대 아니다.

『중병을 앓아 큰 수술을 여러 번 받았습니다.』

야구 선수 폭스는 그렇게 고백했다. 하지만 그 수술 흉터와는 어딘가 달랐다.

디바이스는 진짜 몸에서 염증 반응을 모은다. 내가 이마를 부딪치면 벨의 이마에도 붉은 흔적이 나타난다. 그렇다면 용 오리진의 실제 몸에도 등의 멍과 똑같은 멍이 있을지 모른다.

그러고 보면 가슴이 너무 아팠을 때 벨의 가슴에는 멍 같은 동그란 흔적이 생겼다. 그 동그란 흔적은 미약하나마 따뜻한 빛을 냈다. 절절한 마음의 통증까지 눈에 보이는 형태로 바뀐다면, 용의 등에 있는 멍이 부자연스럽게 떨리는 것도 같은 이유…?

게다가 별이 가득한 하늘에서 서로의 몸을 기댔을 때.

그때 보여준 아이 같은 눈빛….

"아이인가…?"

눈을 퍼뜩 떴다.

그때였다.

랄라라… 랄라… 랄라라….

어디선가 어린애의 콧노래 같은 목소리가 들렸다.

"아이 목소리…."

무수히 열린 창 가운데 어디선가에서 들리는 것 같다.

랄라라… 랄라… 랄라라….

"이 노래, 나와 용밖에 모르는데…."

내가 작곡하고 벨이 댄스홀에서 노래했다. 틀림없다.

"어디지?! 어디서 들리는 거야?!"

모니터 속 창들을 열심히 뒤졌다.

라이브 동영상 중 하나다. 화면 구석에 《LIVE/시청 1인》이라고 되어 있다. 즉 우리만 보고 있다는 소리다.

"……!!"

깜짝 놀라 살펴봤다.

공허한 눈빛으로 의자에 앉아 노래하는 소년이 낯익다.

"이 아이, 어디선가…."

바로 생각났다.

꾹 참아 마루의 유튜브 채널에서 봤던 소년이다.

『용은, 저의… 히어로… 예요….』

어쩐지 평범한 다른 애들과는 느낌이 달랐던 아이였다. 관련 동영상 속에서 소년은 아버지와 형과 함께 있었다.

『우리는 가족이 셋. 아주 사이좋게 지내요. 엄마가 없어도 활기차게. 서로 의지하며….』

"이 아이가 왜 이 노래를…?"

왜 용과 춤추며 불렀던 노래를 흥얼대고 있을까?

용과 주근깨 공주

"확대할게."

히로가 화상 편집 앱을 켠다. 모니터 속의 소년 얼굴이 점점 확대된다. 화면이 거칠어 보정하고 거칠어지면 보정하기를 반복하는 가운데, 공허한 검은 눈동자에 누군가가 비치는 게 보였다.

"……!!"

화면에 드러난 것은 용의 성 댄스홀에서 미소 짓고 있는 벨이다.

"벨이…?"

너무 놀라 눈도 깜빡이지 못했다.

이 사실을 어떻게 받아들여야 할까?

랄라라… 랄라…… 랄라라….

소년은 경쾌한 발걸음으로 방구석으로 걸어갔다. 넓은 방인데 거의 아무것도 없이 텅 비어 있다. 고정된 앵글에서는 입구 쪽의 작은 창문 하나밖에 보이지 않는다. 하얀 벽에 수많은 작은 새가 어지럽게 날아다니는 벽지가 인상적이다. 벽에 붙여놓은 테이블의 유리 꽃병에 붉은 장미가 꽂혀 있다.

"그러면 저 애가 용의 오리진이야?" 히로가 묻는다.

"하지만 뭔가 이상해…."

"이상해?"

"아무래도 저 애는 용이 아닌 것 같아."

"그렇기는 해. 멍도 없는 것 같고…."

히로가 말을 걸었을 때였다.

콰당, 갑자기 커다란 소음이 화면에 가득 울렸다.

"앗?!"

눈을 크게 뜨고 모니터를 봤다.

"……."

입구에서 소년의 아버지가 천천히 들어왔다.

이전 관련 동영상에서 본 적 있다. 혼자서 아이들을 키운다고 했다. 짙은 눈썹에 가슴을 쫙 편 당당한 자세. 셔츠 소매에서 굵은 팔뚝이 나와 있다. 고급스러운 은색 손목시계를 차고 있다.

"토모, 그 노래는 뭐니?"

아버지가 조용히 물었다.

"……."

"아버지가 일하는 데 방해가 된다는 걸 모르니?"

하지만 토모는 그 말을 무시하듯 몸을 흔들면서 계속 노래했다.

화면 구석의 LIVE 표시가 《시청 2명》으로 바뀐다. 우리 말고 누군가가 이 화면을 보기 시작했다는 소리다.

토모는 몸을 계속 흔든다.

아버지는 가만히 토모를 바라보고 있다.

"……."

갑자기 아버지는 테이블 위의 꽃병을 왼손으로 쳐 넘어뜨렸다.

꽃병은 바닥에 떨어져 산산조각이 났고 빨간 장미는 피처럼 바닥에 쫙 흩어졌다.

토모는 깜짝 놀라 콧노래를 멈추고 실이 끊긴 인형처럼 천천히 엉덩방아를 찧었다.

"……!!"

너무나 갑작스러운 일이라 말이 나오지 않는다.

아버지는 짙은 눈썹을 치뜨고 자기 아들을 내려다봤다.

"왜 늘 아버지 말을 안 듣니?"

화면 구석의 LIVE 표시가 《시청 1명》으로 바뀌었다. 조금 전 들어온 사람이 놀라서 나가버린 것이리라. 우리 외에 이 화면을 보는 사람은 없다.

아버지는 계속 말했다.

"세상에 법이라는 게 있듯 이 집에서는 아버지 말이 법이다."

조용히 나무라는 목소리를 토모는 공허한 표정으로 듣고 있다.

"내 말을 듣지 않는 너란 존재는 가치가 없어. 다시 알려

쥐야 하겠니?"

아버지는 말하면서 단단한 오른 주먹을 여봐란 듯 들어 올렸다.

"모르겠다면…."

맞을 것 같다. 저도 모르게 눈을 감고 만다.

그런데 그때….

"멈춰요!!"

날카로운 목소리가 났다.

검은 옷을 입은 다른 소년이 아버지와 토모 사이에 끼어들었다.

"토모를 야단치지 마요!!"

주먹을 든 아버지에게 매달려 간신히 막았다.

"비켜!"

"그만해요!!"

"그 눈은 뭐지?! 비키라고!!"

"앗!!"

검은 옷의 소년이 쓰러지며 주머니에서 액정이 깨진 스마트폰이 튀어나와 떨어졌다.

검은 옷의 소년은 그대로 토모를 감싸듯 몸으로 가리고 귀를 막는다. "토모, 듣지 마."

아버지는 아이들을 내려다보며 큰 소리로 화를 냈다.

　　　　　　　　　　　　　　용과 주근깨 공주

"누구 덕분에 이런 집에서 살고 있니?!"

검은 옷의 소년은 기어드는 목소리로 빌었다.

"제가 잘못했어요. 토모는 아니에요."

"케이, 너는 열네 살이나 되었는데 그런 것도 모르는 거냐?"

"제가 잘못했으니까…."

"네게 도대체 무슨 가치가 있어?! 응?!"

케이는 아버지가 호통을 칠 때마다 등을 흠칫하며 몸을 움츠렸다. 그리고 덜덜 떨면서 간청하듯 중얼거렸다.

"다 제가 잘못했어요…."

아버지는 케이의 등에 대고 언어폭력을 쏟아부었다. 마치 상사가 잘못한 부하를 질책하듯.

"너희들 같은 녀석은 그냥 꺼져버려. 응, 꺼지라고. 가치도 없는 녀석들, 사라져!!"

그때마다 마치 등을 얻어맞는 것처럼 케이의 등이 부르르 떨렸다.

"윽… 윽…! …윽!!"

어떤 장면이 떠오른다.

그날 밤의 용도 보이지 않는 무언가에 얻어맞는 것처럼 떨었다.

『윽…!! 윽…!!』

용은 고통스럽게 말을 토해냈다.

―내가 참으면… 나만 참으면….

그 말이 케이의 모습과 겹친다.

또 다른 발견이 있었다.

케이가 떨어뜨린 스마트폰 바탕화면에, 장미를 든 여성이 있다. 용의 방에 있던, 장미를 든 여성의 사진과 똑같다. 그리고 금이 간 것도 똑같다… 이 스마트폰의 유리도 금이 가 있었다.

"찾았어…."

확신하고 소리 내어 말했다.

케이의 흐트러진 머리카락 틈으로 굳게 닫힌 눈이 보였다.

"이 아이가… 용이야…."

가
면

정각 17시, 재해 방지 안내 방송 스피커에서 『으스름달의 밤』이 흘러나온다.

성가대 여성들이 폐교 초등학교에 속속 도착해 자동차를 운동장에 세웠다.

2층으로 올라 교실 뒷문으로 살며시 안을 들여다본다.

교실 안에는 긴장된 분위기가 감돌고 있다.

대형 모니터에는 하얀 방이 떠 있다. 창 안에서 어렴풋이 음악 같은 소리가 들린다. 케이는 토모의 귀를 막은 채 꿈쩍도 하지 않는다. 아버지는 한참 동안 둘을 내려다보다가 갑자기 발길을 돌려 복도로 사라졌다.

콰당, 안쪽 문이 닫히는 큰 소리가 났다.

"진짜 부모 맞아…?"

카미신이 중얼거렸다. 그 옆에서 루카도 놀란 표정을 짓고 있다.

시노부는 심각한 눈으로 지켜보고 있다.

용과 주근깨 공주

창 속에서 토모가 케이를 걱정스럽게 들여다보고 있다.

"형, 괜찮아? 형…."

케이는 허리를 꺾고서 고개를 떨구고 있다.

이렇게 가냘픈 소년이 용이었다니, 믿기지 않는다.

히로는 혼잣말처럼 중얼거린다.

"그랬던 건가…? 케이는 토모에게 히어로 같은 모습을 보여줘서 위로하려 했던 거야. 이런 환경에서도…."

케이가 겨우 고개를 든다. 토모를 다독이듯 말을 건다.

히로는 그 모습을 뚫어지게 보며 말한다.

"용이 왜 강할까? 『U』의 보디 셰어링 기술이 숨은 또 하나의 자신을 드러내는 장치라면 이 억압적인 상황이 바로 강력한 힘으로 이어졌을 거야. 벨이 된 스즈와 마찬가지로…."

케이와 직접 통화하고 싶었다. 대화해야 한다.

바로 앞의 마우스로 손을 뻗는다.

이 라이브 방송에는 직접 통화할 수 있는 버튼이 있다. 예리넥과 스완과 접속했던 것도 이 장치다.

화면의 왼쪽 아래, 초록색 통화 버튼과 빨간색 통화 종료 버튼.

초록색 버튼을 누르면 직접 대화할 수 있다.

그러나 누르지 못한다.

조금 전 그런 일이 있었는데 이런 상황에서 바로 대화를 할 수 있을까?

포인터가 방황하듯 흔들린다.

케이는 간신히 상반신을 일으켰다. 토모는 안심한 듯 형에게서 떨어져 벽에 등을 대고 앉았다.

지금밖에 없다.

충동적으로 마우스를 잡고 초록색 통화 버튼을 클릭했다.

『착신되었습니다.』

자동 음성이 들리고 화면에 나(벨)의 채팅 아이콘과 이름이 표시된다.

"……?"

창 속의 케이와 토모는 기척을 깨닫고 이쪽을 봤다. 제대로 들린 모양이다.

심장이 쿵쾅거리기 시작한다. 떨렸지만 말을 걸었다.

"…내가, 보여? …목소리가 들려? 금방 봤어. 전부…."

케이는 이쪽을 바라보더니 천천히 일어났다. 그 모습이 자연스레 용의 모습과 겹쳐 보인다.

내 의식도 자연스레 벨이 되었다.

"괜찮아. 더는 걱정하지 마."

벨이 되어 나는 말을 걸었다.

"나, 네게 가고 싶어. 알려줘. 그곳은 어디야? 알려주면."

그런데 그 말을 가로막으며 케이가 날카롭게 말했다.

"너, 누구야?"

"……?!"

누구냐니….

"오프라인에서는 처음이잖아!" 히로는 깜짝 놀라 나를 올려다보며 조그맣게 말했다.

갑자기 당황해서 겁을 먹고 자신감이 사라지는 바람에 갈팡질팡하며 말했다.

"나, 나는, 벨… 이야…."

"…벨!" 벽에 기대앉은 토모가 몸을 내밀며 반응했다.

"그럴 리 없어." 케이는 단칼에 부정했다.

맞는 말이다. 내가 벨이라는 말은 누구나 할 수 있다. 아무것도 증명할 수 없다. 본인임을 증명할 방법이 없다. 그런 사람의 말을 누가 믿겠는가?

갑자기 《착신했습니다》라는 자동 음성이 울렸다.

나 말고 세 명의 채팅 아이콘이 차례로 화면에 나타났다.

젊은 목소리들이 입실한다.

《자, 보라고. 정말 있잖아?》

《야! 폭력 현장!》

《경찰에 신고해야지!》

이 중 하나가 아까 잠깐 입실했다가 나간 사람임이 분명하다. 친구를 데리고 확인하러 온 것이다. 그들은 무례하게 난입하더니 무책임한 말을 쏟아내고 하하하! 거슬리는 웃음을 남긴 채 떠났다.

—딸깍.

세 개의 아이콘이 사라지고 내 아이콘만이 남았다. 시청자 수가《시청 1명》으로 돌아왔다.

케이는 표정 변화 없이 천천히 이쪽 'Web 카메라'로 걸어온다.

"당신도 다른 사람의 비밀을 들여다보고 비웃는 사람이야?"

"아니야…"

"보니까 어땠어? 누군가 힘들어하는 모습을 보니까 즐거웠어?"

"아니야!!"

조금 전의 웃음소리가 나라고 생각하는 걸까? 내가 아니다. 아닌데도 쏟아지려는 눈물을 간신히 참고 어떻게든 마음을 전하기 위해 진심을 담아 입을 열었다.

"…나, 너희들에게 힘이 되어주고 싶어. 그래서 통화 버튼을 눌렀어. 돕고 싶어. 뭐든 도울 게 있으면 내게."

내 말을 막듯 케이가 움직임을 멈춘다.

"도와? 어떻게?"

"……!"

어떻게? 돕나? 어떻게….

케이는 날카로운 눈으로 이쪽을 노려보고 있다.

"돕겠다. 도와준다. 도와줄게. 지금까지 수도 없이 들었어. 아버지와 잘 말할게요. 아버님과 이야기를 나눴습니다. 아버지가 이해해주셨어요. 하지만 아무것도 바뀌지 않았어. 돕겠다. 도와주겠다. 도울 수 있다. 응? 하지만 뭘 할 수 있는데?"

"……!"

할 말을 잃었다. 어떤 말도 할 수 없었다.

강한 압력에 떠밀리듯 뒤로 물러났다.

"돕겠다. 도와주겠다. 도울 수 있다. 아무것도 모르는 주제에. 돕겠다. 도와주겠다. 도울 수 있다. 말로는 무슨 말이든 하지. 그러면서 돕겠다. 도와주겠다. 도울 수 있다. 당신들을 돕고 싶다. 당신들에게 힘이 되고 싶다. 돕겠다. 도와주겠다. 도울 수 있다. 우리가 너무 불쌍하다며 울고 동정해서 울고. 하지만 결국은 아무것도 바뀌지 않아!"

케이는 끝 모를 분노를 품은 채 이쪽을 계속 노려봤다.

이쪽… 그것은 나만이 아니다. 한심한 세상, 사회, 세계였고 무책임한 발언, 무자비한 태도, 무관용의 마음, 약자에

대한 자각 없는 비하, 그리고 그것들을 은폐하는 기만. 케이의 눈빛은 그 모든 것에 들이댄 칼날처럼 보였다.

"돕겠다, 돕겠다, 돕겠다, 돕겠다, 돕겠다, 돕겠다, 돕겠다, 돕겠다, 돕겠다! 지긋지긋해!!"

내재한 분노를 토해내듯 케이는 몸을 흔들며 울부짖었다.

"그만 꺼져!!"

그 무시무시한 눈빛은 날카로운 이빨을 드러내고 으르렁거릴 때의 용 그 자체였다. 그때의 벨과 마찬가지로 눈을 꼭 감고 몸을 웅크리는 수밖에 없었다.

케이는 키보드 명령키를 두드려 회선을 끊었다.

지직. 뚜… 뚜….

다음 순간 화면에 에러 코드가 뜨고 통화가 끊겼다는 음이 울린다.

《An error occurred. Please try again later….》

흠칫 뭔가를 깨닫고 서둘러 통화 버튼을 눌렀다.

"케이. 케이, 대답해!"

그러나 화면의 반응은 없었다.

"이미 끊겼어." 히로가 조용히 말했다.

그런데도 필사적으로 소리쳤다.

"어디 있어?! 대답해!"

"믿지 않는다고!!"

나와 비슷하게 목소리를 높인 히로가 제지하다가 고개를 떨구고 간신히 짜낸 듯한 목소리로 말했다.

"…어디 있는지, 절대 안 알려줄 거야."

"어떻게 하면 좋지…?" 루카가 중얼거렸다.

"어쩌지…?" 기타 씨의 입에서 같은 말이 흘러나왔다.

그 자리에 있던 모두가 대답을 찾지 못했다.

그 가운데 시노부만이 혼자 침묵을 지키며 가만히 생각에 잠긴 듯했다. 아주 오래, 깊이. 그 후 천천히 고개를 들더니 내 등에 대고 말했다.

"진짜 얼굴로 노래해."

화살에라도 맞은 듯 숨을 멈췄다.

"……?!"

어둠 속에서 소리가 났다.

"벨을 위해 자리를 비켜줘!!"

둘러싸고 있던 수많은 As가 순식간에 물러섰다.

넓어진 공간은 마치 커다란 달걀의 내부 같았다.

As들의 목소리가 들린다.

《노래해.》《벨.》《노래해, 벨.》《부탁이야.》《노래해….》

무수한 As로 만들어진 무리는 내부에 공간을 만들기 위해 바깥쪽으로 부풀었다. 그 위에 새로운 As들이 차례로 모여들어 점점 거대해졌다.

저스틴과 간부들은 빌딩가에서 그 모습을 내려다보고 있다.

"잘 봐. 벨이 노래하면 그놈은 온다. 전에도 그랬어."

표적을 노리는 저스틴의 눈빛이 날카로워진다.

"놈은 반드시 온다. 반드시…!!"

무리는 공원 중심에서 더 커졌다.

그 안에서 고개를 숙인 채 계속 생각하고 있다.

"……."

폐교 교실에서 시노부는 조용히, 그러나 단호하게 말했다.

"벨이 아니라 스스로 호소해."

할 말을 잃은 채 움직이지 못했다.

"뭐?" 히로가 매서운 눈초리로 돌아봤다. "잠깐! 무슨 소리야? 시노부!!"

"다시 연락할 방법은 그것밖에 없어." 시노부는 나를 가만히 응시한 채 계속 말했다.

히로는 의자 등받이에서 몸을 내밀며 말도 안 된다는 듯 큰 소리를 냈다.

"뭐라는 거야?! 그게 무슨 뜻인지 알기나 해?! 스즈가 지금까지 쌓아온 것들을 전부 날리는 거라고!"

"아…!!" 책상을 두 손으로 짚고 푹 고개를 떨구었다. 히로의 말이 다 옳다.

"하지만 믿음을 얻으려면 그 방법밖에 없어." 시노부는 뜻을 꺾지 않았다.

히로는 시노부에게 말해봤자 도통 통하지 않으리라 생각했는지 아래를 보고 있는 내 팔을 잡고 설득하듯 여러 번 세게 흔들었다.

"스즈!! 너, 지금까지 어떻게 여기까지 왔는지 알잖아?! 예전의 한심한 자신으로 돌아갈 거야?! 이전의 울보로 돌아갈 거냐고?! 그래도 괜찮아?!"

"ㅇㅇㅇㅇㅇㅇㅇㅇㅇㅇ!! 아아아아아아아아!!"

히로에게 몸이 흔들리면서 더는 말이 되지 못하는 고뇌의 신음을 짜내며 격렬하게 고개를 저었다.

이런 상황에서 루카와 카미신은 말을 꺼내지 못하고 있다.

기타 씨가 고통스럽다는 표정으로 지켜본다.

오카모토 씨는 심각한 눈빛으로 보고 있다.

요시타니 씨, 하타나카 씨도 마찬가지다.

나카이 씨는 팔짱을 끼고서 단호한 표정으로 보고 있다.

시노부가 냉정하게 말했다.

"그들은 자신의 정체를 사실상 드러내고 말았어. 너 혼자 가면을 쓴 채 그들에게 도대체 뭘 해줄 수 있겠어? 진짜 얼굴을 숨긴 채 어떻게 마음을 전하겠다는 거야?"

갈림길에 서 있다.

어쩌지?

어쩌지?

달걀 모양의 무리 한가운데에서 마찬가지로 고개를 숙인 채 몸을 떨며 고개를 저었다.

저스틴은 변화가 없는 상황에 애가 탔는지 호통을 쳤다.

"이봐! 왜 노래하지 않는 거야?! 젠장!!"

"앗?!"

간부들이 말릴 틈도 없이 날아갔다.

달걀 모양의 무리를 헤치고 안으로 들어간다.

교실의 커다란 모니터 중앙에 무리의 내부가 나오고 있다.

그 모니터 앞에서 고개를 숙이고 생각에 잠긴 내가 있다.

내부를 비춘 창이 화면 가득 확대되어 있다.

오랫동안 계속 몸을 떨었다. 어찌해야 좋을지 모르겠다.

하지만 이 순간, 모든 것이 분명하다. 내가 해야 할 일이 아주 분명해졌다.

'나'는 결심하고 천천히 고개를 들었다.

'나'는 결심하고 천천히 고개를 들었다.

무언가가, 다가온다.

"노래해!!"

저스틴이다. 무리 내부로 침투했다.

"노래하라고. 추한 용을 불러내라고!!"

그를 응시하며 천천히 왼손을 들었다.

저스틴은 양손을 앞으로 내밀고 곧장 다가온다.

"노래하라고!!"

그의 오른손을 확 낚아챘다.

"앗!! 무슨 짓이야?!"

오른손을 잡힌 저스틴이 동요한다.

소리쳤다.

"빛을 쏴!"

"뭐?!"

"내게 그 빛을 쏘라고!!"

강력한 눈빛으로 저스틴을 바라봤다.

저스틴은 놀라며 눈을 부릅떴다.

달걀 모양의 무리 내부에서 갑자기 초록색 빛이 눈부시게 빛났다. 틈으로 여러 개의 빛의 띠가 흘러나온다.

"뭐지…?" 모여 있던 As들은 그 빛을 의아하다는 표정으로 바라봤다.

"바보냐?! 스스로 언베일하겠다는 놈이 어디 있어!!" 무리 내부에서 저스틴은 경악한 표정으로 소리쳤다.

위이이이이잉….

저스틴의 오른손 팔찌에서 금속 날개가 힘차게 튀어나와 크게 펄럭였다.

동시에 렌즈가 어베일의 초록색 빛을 최대 출력으로 방출했다.

그 빛을 온몸으로 받았다.

바람과 빛의 입자와 물보라가 온몸을 씻어내듯 소용돌이 친다. 머리카락도, 다리도, 팔도, 손가락도, 손톱도, 속눈썹도, 입술도, 모든 요소가 벗겨지기 시작한다.

얼마 전 저스틴이 말했다.

『일반적으로 디바이스를 통해 읽어들인 생체 정보는 특수한 과정을 거쳐 등록된 As로 변환된다. 하지만 이 빛은 그 변환을 완전히 무효로 만들지. 오리진 자체가 그대로 『U』 공간 위에 묘사되고 마는 것이다. 이것이 언베일의 구조지.』

그것이 지금 여기, 내 몸에서 일어나려 하고 있다.

『U』에 사는 많은 As는 이제부터 무슨 일이 시작되는지 목격하려고 속속 거대한 달걀 모양의 무리로 집결했다.

그때 탕 하고 무리 위쪽에 한 줄기 균열이 생겼다.

그곳을 기점으로 무수한 As가 아래로 떨어지기 시작했다. 붕괴는 또 다른 붕괴를 일으켜 균열이 점점 확대되었다. 무수한 As가 소음과 함께 『U』 중심 시가지의 광대한 '공원' 지구로 밀려갔다.

누군가 무너져가는 무리 중심에서 초록색 빛을 받는 작은 실루엣을 발견한다.

"아…!"

아마도 그 실루엣은, 벨일 것이다.

그 광경을 본 다른 누군가가 큰 비명을 질렀다.

《꺄아아아아악…!!》

비명은 바로 전파되었다.

《뭐….》《저게 뭐야…?》

As들이 소란해졌다. 모두가 손가락질하면서 경악한 채 바라봤다.

초록색 빛에 감싸인 벨의 모습이 사라짐과 반대로 눈부시게 빛나면서 천천히 강하하는 인물.

교복을 입은 소녀였다.

그 뒤에 두 개의 금속 날개가 같이 내려왔다. 누군가를 언베일하면 부러져버리는 구조일지 모르겠다. 부러진 날개와 함께 하늘에서 하강하는 모습은 날개 잃은 타락 천사처럼 보였다.

소녀…. 바로 현실의 나였다.

《벨의, 오리진…?》

넥타이가 바람에 나부끼고 무릎까지 내려온 주름치마가 펄럭인다. 전 세계에서 유일하게, 주근깨투성이의 오리진을 드러내며 낙하하는 내 모습을 보고 As들은 더욱 술렁였다.

《완전히 다르네….》《주근깨는 똑같네.》《디바이스가 스캔한 생체 정보와 옷 정보를 직접 드러내는구나.》

히로 As는 그 광경을 더는 보고 있을 수 없었다.

"아아…!! 이게 무슨 일이야…!!"

저도 모르게 두 손으로 얼굴을 가렸다.

공간에 착지했다. 초록색 빛이 단속적으로 사라진다.

공원에는 시선이 닿는 한 한없이 As들이 집결해 퍼져 있다. 수백만? 수천만? 수억? 얼마나 있는지 모르겠다. 이토록 많은 사람이 한곳에 모여 있는 것을 지금까지 본 적 없다.

용과 주근깨 공주

"……!!"

직시하기 힘들 정도로 극도의 긴장감이 온몸을 감싸서 손도, 발도, 손가락도, 턱도 덜덜 떨렸다.

As들이 웅성거렸다.

《벨이 언베일됐어?》《누가 언베일했어?》《아니, 스스로 원했어.》《스스로?!》《왜?!》《무엇 때문에?!》

한구석에 페기 수도 있었다. 벨이 언베일되는 순간을 보러 온 것이다.

"벨… 이 이런 평범한 소녀였다니….."

페기 수의 온몸에 소름이 돋았다.

"나랑 똑같네."

진짜 얼굴은 벨보다 자신이 더 심할지 모른다. 현실 세계에서는 꿈꾸는 것조차 불가능했던 밑바닥 인생의 자신이 『U』덕분에 새로 태어났다. 애써 손에 넣은 꿈을 도대체 누가 스스로 놓아버릴 수 있을까?

만약 그게 자신이라면 견디지 못하리라. 자신의 오리진을 전 세계에 드러내다니 알몸이 되는 것보다 싫다.

그러나 벨은 스스로 오리진을 밝히겠다고 했다.

왜?

페기 수는 이해할 수 없었다.

"필사적으로 지켜온 우리의 비밀이…."

히로는 머리를 감싸 쥐고 고개를 흔들었다.

"곡을 트는 앱이 이거야?" 시노부가 앞으로 나서더니 책상 위의 노트북을 조작했다.

"뭐?! 그냥 둬!!" 히로는 비명을 지르며 시노부의 팔에 매달렸다.

하지만 시노부는 개의치 않고 모니터를 올려다봤다.

"스즈."

그리고 클릭.

노
래

『U』의 거리에 전주가 울려 퍼진다.

As로 이루어진 대군중 속에서 맞바람을 맞으며 홀로 서 있다.

그러나 바람을 맞으면서도 꼼짝하지 않았다.

"스즈, 노래해."

시노부가 말을 걸어왔다.

"못 해!! 진짜 얼굴로는 노래를 못 하는 아이라고!"

히로가 시노부의 팔을 격렬하게 흔들면서 제지하려 한다.

"노래할 수 있어."

"그럴 수 없다니까!"

"스즈야." 기타 씨가 마른침을 삼켰다.

"스즈." 그리고 루카.

"어쩌지?" 오카모토 씨는 심각한 표정을 그대로 유지하고 있다.

"스즈." 요시타니 씨도 심각한 눈빛으로 바라보고 있다.

여전히 고개를 숙이고는 있었으나 노래하기 시작했다.

"노래하네!" 나카이 씨는 절로 몸을 앞으로 내밀었다.

"사람들 앞에서 노래할 수 없는 애가!" 하타나카 씨도 놀라기는 마찬가지다.

목소리가 제대로 나오지 않는다. 아래를 본 채 우두커니 서서 노래하는 내 주위를 평소와 다름없이 원형의 띠가 둘러싼다. 다양한 언어로 번역된 가사가 흐른다.

반짝이는 꽃, 꿈의 보석
세계는 아름다워

한 소절을 간신히 노래했다. 앞을 똑바로 보지 못했을 뿐만 아니라 끝내는 등을 돌리고 말았다.

수런수런수런수런수런….

대군중의 당혹과 수런거림이 등으로 전해진다.

인터넷 뉴스가 일제히 벨의 기사를 써댔다.

마찬가지로 As들의 말풍선도 폭발적으로 늘어났다.

《봤어?》《벨이.》《언베일?》《거짓말?!》《벨의 정체?》

《누구?!》

　세로로 긴 거대한 스크린이 차례로 올라오고 가설무대 같은 것도 생긴다. 등을 돌린 내 모습이 거대한 스크린에 나오기 시작한다.

　어디에도 도망칠 곳은 없다.

　각오를 다지고 앞을 바라봤다.

　『U』의 거리에 황혼의 빛이 깊어지고 있다.

　　두려움과 불안이 나를 묶어도
　　강하고 마음이 따뜻해진다면

　목소리가 제대로 나오지 않는다. 그래도 눈을 감고 노래했고, 노래가 끝나자 다시 고개를 숙였다.

　다양한 각도에서 찍힌 내 모습이 스크린에 나오자 As들은 아연실색한다.

《떨고 있어…》

　입을 덜덜 떨고 있는 모습이 또렷이 나오고 있다.

《목소리는 분명 벨인데…》《자신감이 없어.》《미안하지만 안쓰러울 정도로 촌스러운 소녀네.》《그만해. 내 꿈을 깨지 말아줘.》《그냥 벨로 있어줘.》

　수많은 스크린이 내 한심한 모습을 비추고 있다.

《그런데 벨은 왜 언베일된 거야?》《아니. 그러니까 스스로 청했다니까.》

다양한 억측이 생겼다.

《왜 스스로 정체를 밝혀?》《무슨 이유가 있겠지.》《아아, 그래야 하는 이유가.》《그게 뭐냐고?》《무슨 이유?》

As들은 그저 멀거니 무대를 바라보고 있다.

나는 여전히 아래만 보고 있었다.

페기 수는 걱정스럽다는 듯 언베일된 벨을 바라보고 있다.

고양이 귀를 한 젊은 여성들이 뒤에서 떠드는 소리가 들린다.

"예상했던 대로네."

"그럴 줄 알았어."

"언베일되다니 불쌍해라."

"촌스러워."

키득키득. 얼굴을 맞대고 잔인하게 비웃고 있다.

페기 수는 그들의 소리를 듣자 갑자기 너무나 화가 났다.

고생을 모르는 이 아이들에게 당장 꺼지라고 말하고 싶었다.

자신도 조금 전까지는 저 여성들과 같은 생각을 했으면

서, 왜일까, 왜 이렇게 화가 날까?

"벨. 저런 녀석들이 함부로 지껄이지 못하게 해…"

저 하늘은 돌아오지 않아
혼자서는 살 수 없어

한 줄기 핀 조명이 나를 비춘다.
얼굴을 들고 가슴에 손을 대고서 노래했다.

만나고 싶어, 다시 한 번
가슴속이 떨려와

여기에 있어 가 닿기를
멀어진 너에게

모든 As가 멀거니 서서 듣고 있다.
미녀도, 몬스터도, 개도, 고양이도, 오리도, 험상궂은 얼굴도, 꽃미남도, 레슬러도, 요정도, 신선도, 바다 생물도, 산짐승도, 기사도, 스나이퍼도, 해머도, 마녀 모자도, 별 모양의 페이스 아트도, 꼬리가 둘이라도, 인어도, 세이렌도.

눈을 감을 때에만
　　만날 수 있다니 믿을 수 없어

　　만나고 싶어
　　멀어진 너를

　노래를 끝냄과 동시에 핀 조명이 꺼졌다.

　마침 『U』의 한밤 모드 시간과 겹쳐, 머리 위 빌딩들의 빛이 일제히 꺼졌다. 『U』 전체가 어둠에 휩싸인다.

　우와아아아아아아아!!

　As들의 엄청난 환호성이 어둠 속에 울려 퍼졌다.

　《역시 그녀는 우리의 벨이야!》《벨이 틀림없어!!》

　《아무래도 벨은 특정한 누군가를 위해 이 노래를 부르는 것 같아.》《아아, 정말 그런 것 같아.》《이 『U』에 있는 수십억 중에 단 한 명에게.》

　내 뒤의 스크린들이 하나둘 꺼졌다.

　《꼭 전하고 싶은 게 있나 봐….》

　《원래 벨은 데뷔 때부터 오직 한 사람만을 향해 노래하는 것 같았어.》

　마침내 스크린이 모두 꺼져 어둠이 된다.

　《맞아. 그런데 그게 마치 내게 불러주는 것처럼 들려서

좋아했던 것 같아.》《나도….》《나도….》

《그런데 정말 누굴 위해 부르는 걸까?》

《궁금하네.》《누굴까?》

　한밤 모드 속에서 지평선 너머, 유닛 틈으로 천천히 『U』 모양의 달이 이동했다.

　휘몰아치는 바람 속에서 앞을 응시한 채 먼 과거를 떠올렸다….

　"살려줘!! …살려줘!!"

　울부짖는 여자아이의 목소리가 강변에 울려 퍼졌다.

　순식간이 강물이 불어나면서 홀로 모래톱에 고립되고 말았다.

　어른들은 저마다 한마디씩 했다.

　"아니, 이게 무슨 일이야!" "아이고, 가지 마!" "왜?!" "도우러 갔다가는 같이 빠져!" "그럼 어떻게 해?!"

　네 살이나 다섯 살쯤일까, 나보다 어리다. 도시에서 왔는지 화려한 색의 옷을 입고 허둥대며 울부짖고 있다.

　어른들이 목소리를 높였다.

　"튜브를 던져 잡게 하자!" "안 돼! 아이라고!" "경찰이나 119를!" "제때 못 올 거야!" "그럼 어쩌자고?!" "어쩌지?!" "어쩌지?!"

　　　　　　　　　　　　　　용과 주근깨 공주

그런 어른들의 고성을 어린 시노부가 듣고 있다.

문득 옆을 보니 시노부의 시선 끝에 내 엄마가 있다.

어떻게 해야 할지 망설이는 표정으로, 시노부는 그렇게 보였다고 했다.

망설임 속에서도 엄마는 달려 나갔다. 관광용 카누에 비치된 빨간 구명 재킷을 주워 재빨리 입었다.

엄마의 옷자락을 붙잡고 열심히 버둥거려 가지 못하게 했다.

"가지 마, 엄마!! 가지 마!!"

엄마는 쭈그리고 앉아 내 손을 잡았다.

"안 돼. 엄마가 안 가면 저 애는 죽어."

그랬다. 틀림없이 엄마는 그렇게 말했다.

그러고는 나를 뿌리치듯 벌떡 일어나 달려가버렸다. 급히 쫓아가려다 발이 걸리는 바람에 넘어졌다. 일어나 멀어지는 등을 향해 힘껏 소리쳤다.

"엄마!! 엄마!! 엄마…!!"

하지만 엄마는 돌아보지 않았다. 여자아이가 있는 곳을 확인하고 강 상류로 뛰어들어 물살에 몸을 맡긴 채 구조에 나섰다.

이슬비가 내리기 시작했다.

여자아이가 강에서 구조되었다. 남자들이 끌어냈다. 어

른들이 달려간다.

"빨리, 빨리!" "괜찮아?!" "구급차!" "서둘러!" "얼른!"

비를 맞으며 그 상황을 가만히 지켜봤다.

"힘내!" "거의 다 됐어!" "살았어…!" "기적이야!" "다행이야…!"

여자아이는 빨간 구명 재킷을 입고 있었다. 엄마가 입고 간 것이다.

그 순간, 무슨 일이 일어났는지, 다 이해했다.

엄마가, 없다.

"엄마… 엄마…. 엄마!!"

수없이 불렀다. 하지만 엄마는 어디에도 없었다. 멀리서 구급차 사이렌 소리가 들렸다. 여자아이는 담요에 감싸여 수많은 어른들에게 안겨 강변을 떠났다. 모두 거기에 몰두하느라 내 엄마가 사라진 것을 전혀 몰랐다.

"엄마!!"

나 혼자 목소리를 높여 하염없이 불렀다.

수없이, 수없이, 수없이.

이슬비가 내리는 가운데 강물의 흐름은 점점 거칠어졌다.

그때였다.

"…어?!"

용과 주근깨 공주

건너편에 엄마가 있었다.

그 순간, 격렬하게 흐르는 강물 소리가 전혀 들리지 않았다.

"엄….."

소리를 지르려고 했으나 목소리가 나오지 않았다. 대신 눈물과 콧물이 정신없이 흘러나왔다.

엄마는 건너편에서 나를 가만히 바라보고 있었다.

웃고 있다. 왜 웃지? 같이 놀 때처럼 웃고 있다.

눈물로 시야가 흐려서 앞이 보이지 않는다.

"가지 마…!!"

나 혼자 두지 마.

혼자서는, 살 수 없어.

비틀비틀 걸어 앞으로 나아갔다.

강변에 널린 돌 때문에 한 걸음씩 내디딜 때마다 불안하게 비틀거렸다.

무언가에 홀린 듯 빠르게 흐르는 강물 속으로 걸어갔다.

그때였다.

"스즈!"

누군가 내 손을 세게 잡고서 끌고 가려 한다. 또 다른 조그만 손이다.

시노부였다.

격렬하게 흐르는 강물 소리가 다시 내 귀에 들리기 시작했다.

계속해서 떠오르는 광경.

시노부가 미니 농구공을 들고 와 주저앉아 우는 내 얼굴을 들여다본다.

그 장소는 지금도 있다.

폐교 초등학교의 운동장, 철봉 바로 옆자리다.

지금 시노부는 2층 교실에서 창 너머로 그곳을 내려다보고 있다.

"나는 스즈의 아버지도 아니고 친한 동성 친구도 아니야. 하지만 하나쯤 스즈를 걱정해주는 사람이 있어도 괜찮다고 생각했어."

"아, 그래서 엄마…" 루카는 알았다는 듯 입에 손을 댔다.

"시노부, 너 혼자가 아니란다. 우리도 그랬어." 오카모토 씨는 추억에 잠긴 듯 눈을 깜빡였다.

"내내 스즈 엄마 대신이라고 생각했단다." 나카이 씨가 애달픈 눈빛으로 바라봤다.

"엄마 대신 웃고 울고 화내고…." 기타 씨는 미소를 지으며 고개를 숙였다.

용과 주근깨 공주

"한심하고 듬직하지 못한 엄마들이었지만." 하타나카 씨는 나오려는 눈물을 손가락으로 닦았다.

"우리, 스즈 덕분에 아주 행복했어." 요시타니 씨는 가슴에 손을 대고 눈시울을 적셨다.

달빛 외에 『U』의 거리는 칠흑 같은 어둠 속에 있었다.

그 어둠 속에서 허공을 응시했다.

"케이… 어디 있어…? 응? 대답해…. 목소리를 들려줘…. 케이…. 응? 케이…!!"

그런 가슴속 생각이 노래가 되었다.

말이 되지 못해 그저 목소리를 떠는 것일 뿐이었지만.

랄라라라라, 랄라라라라, 랄라라라라라….

내 가슴에 희미하게 빛이 켜졌다.

처음에는 가슴 한가운데의 작은 점이었다. 노래하면서 조금씩 점이 커졌다. 안쪽에서 바깥쪽으로 조용히 퍼지듯 빛이 났다. 마치 가슴에 켜진 촛불처럼.

전에도 이런 빛을 봤던 기억을 떠올린다. 용의 방 앞에서 울었을 때다. 가슴에 댔던 손을 천천히 펼치자 가슴에 멍 같은 동그란 흔적이 있었다. 그 동그란 흔적은 살짝 따뜻한 빛을 냈다.

그때와 똑같다. 보디 셰어링 기술이 절절한 가슴의 고통을 눈에 보이는 형태로 바꾼 것이다.

노래할수록 빛은 강해졌다.

"스즈…!" 그 모습을 보고 갑자기 하타나카 씨의 As가 중얼거렸다.

"스즈, 너…!" 오카모토 씨의 As도 목소리를 내고 만다.

성가대 여성들은 As로서 『U』안에 있다. 형형색색의 저마다 다르고 멋진 As들의 디자인은 여성들과 잘 어울린다.

"스즈…!"

루카와 카미신도 As로서 『U』에 있다.

루카 As는 파란 새 As로 알토 색소폰을 들고 있다. 강아지 모양의 카미신 As가 짊어진 것은 커다란 카누다.

노래를 계속한다.

랄라라라라, 랄라라라라, 랄라라라라라라….

한 As의 눈에서 눈물이 흐른다.

험상궂은 얼굴의 As는 외모답지 않게 눈물짓고 있다.

랄라라라라, 랄라라라라, 랄라라라라라라….

그런 몇몇 As들의 가슴에 나처럼 빛이 켜졌다.

어둠 속에 하나, 둘, 셋….

빛이 차례로 퍼져간다. 릴레이라도 하듯 앞에서 뒤로 가슴의 빛이 전파된다.

수십, 수백, 수천으로.

가슴의 빛이 노래의 호흡에 맞춰 감정을 드러내듯 흔들린다.

말이 되지 못한 마음. 탄식처럼, 격려처럼, 슬픔에 공감하듯, 그리고 다시 일어서자는 듯.

히로 As는 그 광경을 보고 눈물을 글썽이며 말했다.

"너… 나밖에 친구도 없었으면서…. 그런데, 그런데…!"

그의 가슴에도 빛이 켜진다.

파도처럼 빛의 물결은 지평선까지 퍼진다.

수만. 수십만. 수백만.

수많은 As의 가슴에 켜진 빛 하나하나는 여리고 부드럽고 약할지 모른다. 그러나 그런 하나하나가 모이자 아주 듬직하고 당당하고 강력한 빛이 되었다.

랄라라라라, 랄라라라라, 랄라라라라라….

정신이 아득해질 만큼 많은 빛을 멀거니 바라보고 있다.

수천만, 그리고 수억.

장관이었다.

수많은 사람이 모여 그 마음을 형태로 만들었고 그것이 지금 눈앞에 펼쳐져 있다. 마음이란 눈에 보이지 않는 게 아니다. 여기 『U』에서는 또렷한 윤곽과 색깔, 빛을 가지고 우리 가슴에 계속 존재할 수 있었다.

"……!!"

그런 생각이 들자 가슴이 벅차 주체할 수가 없었다. 눈동자가 촉촉해져 앞이 보이지 않았고 턱이 떨려 제대로 노래조차 할 수 없었다. 오열을 참으면서 고개를 떨구고 한 손으로 눈물을 닦았다. 그 탓에 노래가 끊기고 말았다. 고개를 흔들며 다른 손으로 눈물을 닦았다. 그래도 계속 노래할 수 없었다.

"스즈!!" 성가대 여성들의 As가 가슴의 빛을 흔들면서 동시에 소리쳤다.

"스즈!" 루카 As는 빛을 가슴에 품고 알토 색소폰을 들었다.

그리고….

"벨…!! 노래해!! 멈추지 마!!"

감격에 겨워 페기 수도 목소리를 높였다.

그리고 벨 대신 큰 소리로 노래하기 시작했다.

"랄라라라라!"

주위의 As들이 당황한 채 그 모습을 바라본다.

"페기 수다!" "어? 그 페기?" "왜 여기 있어?"

그런 시선을 전혀 아랑곳하지 않고 페기 수가 소리쳤다.

"벨!! 노래해!!"

그에 촉발된 듯 As들이 끊긴 노래를 이어 부르려는 듯 노래하기 시작했다.

용과 주근깨 공주

랄라라라라, 랄라라라라, 랄라라라라라….

그 목소리는 조금씩 퍼져 나갔다. 말이 되지 못한 노래를 많은 As가 목소리를 맞춰 노래했다. 엄청난 노랫소리가 공원 저편까지 퍼져간다.

랄라라라라, 랄라라라라, 랄라라라라라….

성가대 여성들의 As도 저마다 몸을 흔들면서 노래한다.

루카 As는 노래 대신 색소폰을 불었다.

대군중이 만들어내는 장대한 세션.

밤의 어둠 속, 무수한 As가 가슴의 빛을 켜고 노래한다.

노래를 할수록 하나하나의 가슴의 빛이 강해졌다.

"왜, 왜 이러는 거야?!"

눈앞에 벌어진 광경을 두고 저스틴은 창백한 얼굴로 목소리를 떨며 소리쳤다.

"언베일되었는데 왜 파멸하지 않는 거야?!"

예상치 못한 반응이었다.

언베일되면 『U』속에서 살 수 없다. 그렇기에 언베일은 강력한 힘이 되는 것이다. 언베일하는 자가 세계를 지배한다.

벨은 분명히 언베일되었다. 그녀는 세상의 조롱과 비난을 받고 추락해야 했다.

그런데 눈앞에 펼쳐지는 이 광경은 무엇인가? 완전히 다르지 않은가?

어떻게 된 일이지?

저스틴 뒤에 늘어서 있던 후원사 로고 하나가 멀어진다.

"…어?!"

당황해서 돌아본다. 다른 후원사 로고도 썰물처럼 차례차례 멀어진다. 순식간에 저스틴을 후원하는 자는 하나도 남지 않았다.

"제, 젠장…!"

궁지에 몰린 저스틴은 이를 악물었다. 그는 이제 권력자도 아니고 선발된 As도 아니었다.

가슴에 빛을 품은 수천만의 As 대군중은 마치 금색의 대양처럼 보인다.

그 중심이 크게 솟아오른다.

"뭐, 뭐지?!"

수많은 스피커를 단 거대한 고래가 금색 대양에서 천천히 떠올라 커다란 파도 끝에 섰다.

우와아아아아아아아아…!!

고래는 함께 노래하듯 커다란 입을 벌렸다.

쏴! 높이 뿜어낸 바닷물이 불꽃놀이처럼 반짝반짝 빛났다.

나는 거대한 고래 콧등에 올라갔다.

그곳은 예전에 벨이 빨간 꽃 드레스를 입고 온 세상을 향해 당당하게 노래했던 장소다.

같은 장소에 진짜 모습으로 선다.

서서 당당하게 노래한다.

고래는 새끼 고래들을 이끌고 금색 대양을 유유히 헤엄쳤다.

노래여, 날아라
모두에게, 슬프고도 기쁜 지금
이 세상은 전부
시선을 떨군 하늘에서도
별은 빛나고 태양은 뜨고
꽃들이 피네. 아름다워라
노래하자
영원히 노래할게
계속 노래할게. 사랑해, 영원히

미녀도 아니다. 주근깨투성이 시골뜨기 소녀에 불과하다.

하지만 내 안에는 벨이 있다.

또 하나의 내가, 나를, 강하게 만들었다. 벨은 사라졌지만, 내 강인한 중심으로 여전히 내 안에 계속 존재한다.

벨로 살면서 강해졌다.

고마워.

그렇게 생각한 순간, 내 몸에서 무수히 많은 꽃이 피었다.

꽃들은 끝없이 솟아나 『U』의 거리를 아름답게 채워간다. 유유히 헤엄치는 고래에서 떨어져 반짝이는 As들에 퍼져나간다.

『U』의 모양을 한 달이 떠 있다.

노래의 마지막 부분을 소리 높어 노래했다.

이 순간의 모든 생명을 축복하듯.

"굉장해…!"

라이브를 보고 있던 케이는 압도되어 중얼거렸다.

"형. 나… 벨, 만나고 싶어…. 만나고 싶어….

토모의 눈에서는 눈물이 뚝뚝 떨어지고 있다.

"…정말 벨일까? 완전히 믿지 못하겠어."

케이는 아직도 의심으로 마음이 흔들리고 있다. 하지만 곧 결심한 듯 중얼거렸다.

"하지만…."

용과 주근깨 공주

토모가 저렇게까지 말한다면….

진
짜

얼
굴

천천히 고개를 들었다.

조금 전까지 『U』의 세계에 있었으나 폐교의 교실로 돌아왔다.

꿈에서 막 깬 것처럼 여전히 멍하다.

내 시선 끝에는 접속이 끊긴 비디오 채팅 화면이 있다.

그 화면이 '접속 중'이 되더니 다시 연결되었다.

토모의 목소리가 스피커를 통해 들려온다.

"벨? …보여?"

노트북의 웹 카메라를 들여다보는 토모와 케이의 모습이 나타났다. 둘이 먼저 다시 접속해온 것이다.

"됐다!!"

폐교에 모인 사람들은 너무나 기뻐 펄쩍 뛰며 기쁨의 환호성을 질렀다.

그 가운데 나 혼자 아직 꿈속에 있는 듯 멀거니 서 있었다.

"스즈." 시노부가 불렀다.

"……?"

"스즈의 마음이 전해졌어."

그렇게 말하며 시노부가 미소 지었다. 그 얼굴을 보고 비로소 겨우 현실로 돌아올 수 있었다. 가슴속에서 기쁨이 흘러넘쳐 어린애처럼 그에게 안겼다.

"시노부, 다행이야!"

시노부는 그런 나를 안고 내 뒷머리를 다정하게 쓰다듬어주었다.

"그래." 눈물이 고인 얼굴을 시노부가 닦아주었다. "다행이야…."

케이와 토모의 아버지는 착신음을 들었다.

"…응?"

화상 회의 중이었는데 스마트폰을 확인한다. SNS에는 동영상이 첨부되어 있었다. 재생 버튼을 누르자….

꽃병이 쓰러지며 바닥에 떨어져 산산조각이 된다.

《왜 늘 아버지 말을 안 듣니?》

조금 전의 자기 모습이다.

"뭐야, 이게…?"

누군가 동영상을 퍼뜨리고 있다.

아버지는 굳은 얼굴로 재빨리 자기 방을 나섰다.

"메모해. 여기는….''

케이가 비디오 채팅 화면을 통해 우리에게 주소를 알려
주려던 참이었다.

콰당, 큰 소리가 나더니 아버지가 들어왔다.

"앗?!''

케이와 토모가 돌아본다. 아버지는 방을 둘러보다가 노
트북 웹 카메라를 발견하더니 똑바로 다가왔다.

"이거야…?''

"왜 그래요… 하지 말라고요!!'' 케이가 의자에서 일어나
막으려 한다.

웹 카메라로 손을 뻗는 아버지를 케이가 안간힘을 다해
저지한다. 토모도 가세해 둘이 매달려 저항한다. 하지만 아
버지는 매달리는 두 아이를 마치 물건처럼 거칠게 뿌리
친다.

"비켜!''

그리고 무시무시한 얼굴로 웹 카메라를 노려봤다.

"제기랄…!! 젠장!!''

화면을 움켜쥐듯 손을 뻗어 단숨에 노트북을 닫아버
렸다.

용과 주근깨 공주

다음 순간 화면에 에러 코드가 떴다.

《An error occurred. Please try again later…》

접속이 다시 끊겼다.

"……!!"

우리는 너무 놀라 꼼짝도 하지 못했다.

성가대 여성들이 저마다 한마디씩 한다.

"…큰일이네, 저 아이들."

"가서 도와줘야 해."

"어디로 가야 하는데?"

"장소를 듣지 못했어."

그때 루카가 조심스럽게 발언했다.

"저, 어쩌면 알 수도 있을 것 같아요."

"어떻게?!"

"아까 모니터에서 저녁 멜로디가 들렸어요."

"멜로디?"

루카는 떠올리려는 듯 고개를 숙인다.

"하나는 『희미한 저녁노을』이었고 다른 하나는…『야자 열매』였던 것 같아요."

"그거, 재해 방지 안내 방송의 정시 음악이지?" 시노부가 바로 알아차린다.

"둘 다?" 나카이 씨가 시노부를 보며 물었다.

"지자체 경계 지역이라면 두 개가 들릴 수도 있죠." 시노부가 대답한다.

"어디랑 어딘데?" 요시타니 씨가 묻는다.

"조합을 찾아볼게요."

시노부는 그렇게 대답하며 바로 자신의 스마트폰으로 조사하기 시작했다.

"녹화 영상, 준비했어!" 책상에 앉아 있던 히로가 몸을 돌린다.

"어디! 어디…."

여성들은 대형 모니터 앞에 모여들었다.

회선을 끊으려는 케이의 아버지가 카메라를 내려다보는 장면까지 거슬러 올라갔다.

그리고 재생.

하얀 방 밖에서 두 개의 멜로디가 섞여 들린다.

루카의 말대로 『희미한 저녁노을』과 『야자열매』였다.

"틀림없네." 나카이 씨는 감탄하며 신음했다.

"루카는 정말 귀가 밝구나." 카미신도 신음한다.

"…어라? 저게 뭐지, 창 밖?" 그때 갑자기 오카모토 씨가 화면 끝을 가리켰다.

"어?"

작은 창문 밖에 뭔가 보였다.

용과 주근깨 공주

"확대해봐."

히로가 바로 확대해서 보여줬다.

"이게 뭐지?"

뿌연 창 밖의 화질을 보정하자 세부적인 모습이 드러나기 시작했다.

"빌딩… 맨션…?"

"똑같네…?"

같은 형태의 고층 빌딩 둘이 창 밖에 나란히 서 있다.

"어디야?! 검색해봐?!" 나카이 씨는 히로의 어깨를 흔들어댔다.

"아니…! 이 정도로는…!"

"어라? 음….." 그때 카미신이 무언가를 깨달은 듯 이마에 손을 대고 사진을 자세히 봤다.

"왜?" 루카가 카미신을 봤다.

"루카. 나 여기가 어딘지 알 것 같아." 카미신은 잠시 생각한 다음 모니터를 가리켰다.

"진짜?!" 히로가 놀라 돌아본다.

"잠깐만. 어… 어디였더라." 카미신은 허둥지둥 자신의 스마트폰을 뒤진다.

"빨리, 빨리!!" 히로가 애가 타는 듯 재촉한다.

"아, 찾았다!" 그동안 시노부가 답을 발견했다.

"어딘데?!" 히로는 재빨리 키보드로 몸을 돌린다.

"도쿄 부근에 다섯 개, 그중 고층 빌딩이 있는 곳은 오타구와 가와사키시 사이야!"

히로는 바로 모니터로 몸을 돌려 지도 검색 페이지를 켰다. 현재 우리가 있는 니요도가와 강변에서 점프하듯 고치현을 넘어 도쿄로 향한다. 경로 검색을 거쳐 시노부가 알아낸 오타구와 가와사키시 사이를 흐르는 다마가와 강가로 줌인한다.

"있다! 이거 아닐까?!"

카미신이 퍼뜩 고개를 들더니 스마트폰을 내밀었다.

맨 앞줄 한가운데에 카미신이 앉아 있는 원정 단체 사진이다. 전에 보여준 사진이다. 그 뒤로, 다마가와 강 너머로 두 개의 똑같은 모양의 고층 빌딩이 확실히 찍혀 있다.

평면 지도가 3D로 바뀐다. 무사시코스기 빌딩군에서 한 바퀴 돌아 나오자 같은 빌딩이 나란히 나타났다. 히로는 라이브 채팅 캡처 화면과 카미신이 에어드롭으로 보낸 사진을 나란히 띄웠다.

"셋 다 일치해. 틀림없어!" 히로가 확인해준다.

"제법인데!"

시노부와 카미신이 손바닥을 맞부딪쳤다.

"해냈다!"

용과 주근깨 공주

루카와 히로도 손바닥을 맞부딪쳤다.

요시타니 씨가 조심스레 전화를 건다.

"여보세요? 죄송한데요, 지금부터 알려드릴 곳에 급히 보호해주길 바라는 아이들이…."

전화를 건 곳은 아동 상담소다.

하지만 곧 요시타니 씨의 표정이 흐려졌다.

"네? 당장은 안 된다고요? 규정? 48시간이요?"

아이의 상태는 48시간 이내에 직접 확인하는 것이 규정이란다.

"그 사이에 무슨 일이 생기면…?"

나는 천천히 고개를 돌리며 말했다.

"제가 직접 가야겠어요…!!"

몸이 저절로 움직여 달리기 시작했다.

"스즈!"

"역까지 데려다줄게!"

나카이 씨와 기타 씨가 쫓아간다.

"스즈!" 시노부가 부른다.

대답할 겨를도 없이 교실을 뛰쳐나왔다.

부르릉, 엔진 소리와 함께 기타 씨가 운전하는 다이하츠 무브 캔버스의 전조등이 켜졌다. 하얀 연기를 피우며 운동장에서 방향을 바꾼 뒤로는 속도를 높여 폐교 소학교를 나왔다.

일몰까지 아직 30분쯤 남았다.

기타 씨는 핸들을 쥐고 니요도가와 강변 국도를 쏜살같이 달린다.

조수석의 나카이 씨는 검색한 도쿄까지의 경로를 뒷자리의 내게 보여준다.

"이미 비행기로는 못 가."

"그… 그럼, 이대로 도쿄?!" 기타 씨는 동요하며 힐끔 옆을 본다.

이노역.

나를 태운 특급 아시즈리 16호가 19시 15분 정각에 출발했다.

나카이 씨와 기타 씨가 플랫폼에서 배웅해주었다.

"혼자 괜찮을까…?"

"스즈가 결정한 일이니까…"

정말 어머니처럼 말한다.

아시즈리 16호는 19시 28분, 고치역 2번 플랫폼에 도착했다.

이미 해가 져서 하늘은 검푸르게 물들었다.

고치 버스터미널을 20시 10분에 출발한 TDL 버스터미널 웨스트행 고속버스는 고치자동차도로를 타고 북상했다.

창 밖은 이미 캄캄하다.

조그만 마을의 불빛이 멀리서 천천히 흘러간다.

아버지는 집에 오지 않는 나를 걱정하고 있겠지.

그런 생각이 들자 마음이 찌릿찌릿 아팠다.

차 안에서 메시지를 보냈다.

《아버지, 아무 말 없이 나왔는데 좀 멀리 갈 것 같아요.》

봤다는 표시가 뜨고 조금 있다가 아버지의 답이 왔다.

《합창단원분들에게서 메시지를 받았다.》

성가대 사람들이 연락해주었구나.

조금 안심이 되었다.

《늘 버릇없이 굴어서 미안해.》

《사정이 있겠지.》

《소중한 사람이, 지금 힘들어.》

《너는 그 사람에게 힘이 되어주려는 거구나.》

《하지만 나 같은 게 힘이 될까? 모르겠어.》

솔직한 심정을 아버지에게 밝혔다.

이렇게 솔직하게 아버지에게 물어본 게 언제였더라?

아버지의 답장이 왔다.

《너는 엄마가 갑자기 사라져서 외로웠을 텐데도 내내 잘

참았어. 아주 힘들었을 텐데 그래도 이렇게 친절한 아이로 컸구나. 다른 이의 마음을 알아주는 아이로 자랐어.》

마음이 먹먹해졌다.

《스즈, 엄마가 너를 키워서 이렇게 착한 아이가 된 거야.》

아버지의 메시지 글자가 너무 따뜻했다. 중간부터 앞이 흐려져 보이지 않았다.

《그 사람에게 잘해주거라.》

화면 위에 눈물이 뚝뚝 떨어졌다.

《고마워.》

다음 날 아침 6시 15분, 고속버스는 요코하마 시티·에어·터미널에 도착했다. 버스를 내린 후 도요코선으로 갈아타 7시 전에 다마가와역 개찰구를 나왔다.

역 밖의 노면 타일에 빗방울이 뚝뚝 떨어지기 시작했다.

주위를 둘러보니 불안이 커졌다. 처음 온 역. 낯선 거리. 제대로 찾아갈 수 있을까?

이슬비가 내리는 가운데 달리기 시작했다.

다마가와를 등지고 언덕길을 오른다. 고치에서 본 적 없는 커다란 단독 주택이 은행나무 가로수 안에 조용히 자리 잡고 있다. 지나다니는 사람이 하나도 없다. 가끔 커다란 승용차가 조용히 지나갈 뿐이다.

교차로에 서서 다시 주위를 둘러봤다.

내가 어디 있는지를 잊고 말 것만 같다. 이 중에서 집 하나를 찾아내야 한다니 말도 안 되는 일 같았다.

그런 불안을 털어내려고 다시 달리기 시작했다.

"헉… 헉…."

고급 맨션이 있는 모퉁이에 멈춰 서서 둘러봤다.

물웅덩이에 파문이 여럿 보인다. 아까보다 비가 강해졌나 보다.

"헉… 헉…."

불안해하며 주위를 둘러보고 있는데 상당히 체력이 떨어진 상태다. 피곤해서 팔을 늘어뜨리고 있다. 이래서는 안 되는데. 빨리 찾아야 하는데…. 그렇게 다짐하던 순간 갑자기 다리가 엉켰다.

"앗!!"

젖은 도로에 고꾸라지고 말았다.

"으… 으윽…."

한참을 움직이지 못했다.

낑낑대며 팔을 뻗어 아픈 몸을 일으켰다. 진흙탕을 뒤집어쓴 축축한 얼굴을 손등으로 닦았다. 가야 해. 이를 악물고 앞을 응시한 채 달리기 시작했다.

그리고 드디어 발견했다.

호화 저택이 즐비한 언덕길 너머. 다마가와를 끼고 그 너머로 두 고층 빌딩이 보였다.

"여기야…!"

틀림없어. 그렇다면 이 근처에….

"벨…?"

그때 언덕 위에서 소리가 났다.

"…어?!"

돌아보니 우산도 없이 언덕 위에 서 있는 작은 그림자가 있다.

"와, 준 거야?"

하얀 파카를 입은 토모였다.

"토모!"

"…벨…!"

언덕 아래에서 중력을 거스르듯 힘차게 달렸다. 후드를 뒤집어쓴 토모가 두 팔을 벌리고 이쪽으로 달려온다.

언덕 중간쯤에서 만나 토모를 꼭 안았다.

속이 훤히 비칠 것 같은 하얀 피부. 놀랍도록 가녀린 몸.

이런 약한 아이가 도움을 요청하며 매달리고 있다.

"이제 괜찮아. 정말 괜찮으니까…."

진정시키려고 토모의 등을 안고 수없이 속삭였다.

그런 모습을 언덕 위에서 의심의 눈초리로 내려다보고 있는 또 다른 소년이 있었다.

케이였다.

"정말 삘이야…?"

토모를 안은 채 미소를 보여주었다.

케이는 천천히 언덕길을 내려왔다. 그러나 중간쯤에 멈춰 서서 일정한 거리를 유지한 채 더는 다가오려 하지 않는다. 여전히 온전히는 믿지 못하는 모양이다.

어떻게 하면 이 거리를 좁힐 수 있을까?

나와 케이 사이에 비가 내린다.

그때였다.

"어이?! 어디 있어?!"

언덕 위 호화 저택 대문이 열렸다. 그곳에서 아버지가 호통을 치며 나왔다.

"어디 있냐고?! 토모! 케이!!"

"?!"

고성에 케이가 흠칫하며 돌아봤다.

S자 모퉁이를 돌아 아버지가 모습을 드러냈다.

"케이!! 왜 허락도 없이 밖에 나갔니?!"

압력을 가하듯 성큼성큼 다가온다.

케이의 표정이 굳더니 떠밀리듯 뒷걸음질한다.

"……!!"

순간적으로 둘을 품에 안고서 다가오는 아버지로부터 감싸듯 등을 돌렸다.

"너는 누구야?!"

아버지는 내 어깨를 거칠게 움켜쥐었다.

"인터넷에 글을 쓴 게 너야?! 그래?!"

마음대로 결론을 내리고 분노를 터뜨리며 내 어깨를 마구 흔든다.

둘을 꼭 끌어안고 아래를 본 채 움직이지 않는다.

"학대?! 거짓말을 하다니!"

아버지는 분통을 터뜨리듯 호통을 쳐댔다. 그의 말투에서 진정성이 느껴졌다. 정말로 학대할 생각은 아니었을지 모른다. 학대라는 생각도 하지 못한 채 케이와 토모를 그렇게 몰아붙인 것이다.

지켜야 해. 둘의 등을 꼭 안은 팔에 힘을 더 줬다.

그때 케이가 갑자기 고개를 들더니 뭔가 기억난 듯 중얼거렸다.

"이 감촉…!!"

"케이! 토모! 어서 집으로 돌아가! 내 말이 안 들려?! 부모 말을 듣는 게 당연하지 않아?! 안 그래?!"

비가 거세진다.

　　　　　　　　　　　　　　　용과 주근깨 공주

아버지는 내 어깨를 잡고 격렬하게 여러 번 당겼다.

나는 두 아이를 두 팔에 품은 채 지면에 주저앉는다.

"젠장! 이 꼬맹이가! 우리 가족을 갈라놓을 셈이야?!"

아버지의 손이 내 머리와 얼굴을 움켜쥐더니 마치 물건처럼 여러 번 뒤흔들었다. 그리고 손톱을 세운 채 힘껏 잡아당겼다. 찌이익, 소름 끼치는 소리가 났다. 아버지의 가운뎃손가락 손톱이 내 왼쪽 뺨을 할퀴어 상처를 내는 소리였다. 조금 늦게 날카로운 통증이 찾아왔다.

"용서 못 해! 절대 용서 안 해!!"

아버지는 위협하듯 주먹을 높이 치켜들었다.

이대로는 아이들을 지킬 수 없다. 각오를 단단히 했다. 조용히 일어나 몸을 돌려 내 몸을 방패로 삼았다.

"……?!"

그 모습에 주먹을 들었던 아버지는 놀란 듯 눈을 부릅떴다.

어떤 방어막도 없이, 그리고 말도 없이 케이와 토모를 지키겠다는 마음 하나로 막아섰다.

그저 강력한 눈빛으로 아버지를 응시했다.

비가 퍼붓기 시작한다.

아버지는 내 행동이 뜻밖이었던 듯 당황하더니 순간 힘을 풀었다.

하지만 다시 증오를 끌어올려 주먹을 쥐고 마구 흔들며 위협했다.

"야아아아!!"

사람을 깔보는 눈이다. 그는 내내 이렇게 사람들을 내려다보며 복종시켰을 것이다. 이 순간, 얻어맞아도 이상할 게 없겠다. 그렇게 말할 수 있을 만큼 폭력적인 눈이다.

그러나 꿈쩍도 하지 않고 강한 눈빛으로 아버지를 계속 바라봤다.

긁힌 내 왼쪽 뺨에서 피가 주르륵… 흘렀다.

당신은 절대 내 존재를 얕볼 수 없어.

그때 아버지에게 변화가 일어났다. 들고 있던 주먹에 힘이 더는 들어가지 않은 듯 약해지더니 부들부들 떨기 시작했다. 마음대로 되지 않는 듯 가늘게 덜덜 떨었다.

그리고 자신도 깨달았는지 떨림을 억지로 막으려는 듯 주먹에 다시 힘을 줬다.

"…우워어어!!"

아버지의 주먹이 위협한다.

빗물이 내 머리카락에서 뺨을 타고 피와 섞여 턱 아래로 모여 물방울이 되어 떨어졌다.

얕보게 그냥 놔두지 않겠어.

강한 눈빛으로 아버지를 계속 응시했다.

용과 주근깨 공주

"…아아… 아… 아아아."

아버지는 이제 주먹을 휘두를 수 없다.

팔만이 아니라 온몸을 덜덜 떨기 시작했다. 비틀비틀 물러나 온몸의 힘이 빠진 듯 쿵 엉덩방아를 찧었다. 앞머리가 비에 젖어 내려온 채 허약한 눈으로 올려다본다. 그곳에 있는 것은 어른도, 부모도 아니었다. 그저 나약하고 가여운 남자였다.

"아아아… 아아아… 아아아……."

그는 더는 이 자리에 있을 수 없다는 듯 주저앉은 채 물러났다. 곧 몸을 돌려 무릎을 꿇더니 도망치듯 언덕 위로 달려갔다.

말없이 그 모습을 바라봤다.

정신을 차렸을 때 비는 다시 이슬비가 된 상태였다.

케이가 입을 열었다.

"…벨."

"……?"

케이가 일어나 무표정한 얼굴을 들고 나를 바라봤다.

"아까 나를 안았을 때 비로소 알았어. 당신이 진짜 벨이라는 것을…."

감정을 잘 표현하지 못하는 듯 표정을 바꾸지 않고 말했다.

"와줘서 고마워. 정말… 와주길 바랐어…."

케이가 할 수 있는 최선의 말이었으리라. 틀림없이, 정말, 와주길 바랐으리라. 그 마음이 절절하게 와 닿았다.

"만나고 싶었어, 벨."

케이는 어색하게 미소 지었다.

그 웃는 얼굴을 보니 내 마음에서 애틋한 감정이 흘러넘쳐 앞으로 다가가 케이를 안았다.

"나도…."

우리는 마치 애인이라도 되는 것처럼 서로의 이마를 꼭 맞댔다.

케이는 다정한 눈빛으로 나를 바라봤다.

"당신이 맞서는 모습을 보고 깜짝 놀랐어. 나도 맞서야겠다고 생각했어. 앞으로 나도 싸울게."

지금까지 있었던 모든 일을 떠올리려 눈을 감았다.

"나도 네게서 배운 거야. 너는 내 겁쟁이 같은 마음을 해방해주었어."

케이는 원래의 열네 살로 돌아간 듯 싱그러운 뺨을 붉혔다.

"…고마워. 정말 좋아해, 벨."

그때 토모가 천천히 일어나 나를 가만히 바라보며 말했다.

용과 주근깨 공주

"벨, 너는 예뻐."

언젠가 벨이 들었던 말이다. 진흙투성이에 상처를 입었음에도 토모의 말을 듣자 자랑스럽고 행복했다.

"…고마워."

우리 셋은 서로를 꼭 안았다.

부드러운 비가 우리를 적셨다.

『U』는 오늘도 전 세계에서 모인 많은 사람으로 흘러넘치고 있다.

누군가는 처음으로 『U』를 찾아와, 기대와 불안 속에 조심조심 등록을 시작한다.

그 사람이 바로 당신일지 모른다.

메시지가 모여든다.

《『U』는 또 하나의 현실. As는 또 다른 당신.》

《현실은 바꿀 수 없다. 하지만 『U』에서는 바꿀 수 있다.》

『U』의 형상을 본뜬 초승달이 천천히 떠오른다.

《자, 또 다른 당신을 만들자.》

《자, 새로운 인생을 시작하자.》

《자, 세상을 바꾸자…》

도쿄를 출발해 오후에 고치역에 도착했다.

이노역에 스사키행 기차가 도착했을 무렵에는 해가 기울고 있었다.

플랫폼에 내렸다.

기차가 떠나자 건너편 플랫폼에 있는 아버지가 보였다.

선로를 끼고 가만히 아버지를 바라봤다.

아버지도 나를 가만히 보고 있다.

왼쪽 뺨에 커다란 반창고가 붙어 있다. 아버지는 그것을 보고 왜 저렇게 되었을까 생각하고 있을지 모른다. 위험한 일을 당했나? 그렇게 생각할지도 모른다. 무슨 일이 있었냐고 물을지도 모르겠다.

아버지가 툭 내뱉었다.

"…오늘, 밥은?"

의외의, 그러나 일상적인 질문을 던지는 아버지를 보고 조금 놀랐으나 바로 미소를 지었다.

"…먹을래."

아버지도 살짝 웃었다.

"그럼, 생선 다다키 만들까?"

오랜만에 이뤄진 부녀의 대화도 이게 다였다. 고작 이 정도의 대화를 하는 데 도대체 몇 개월, 몇 년의 시간을 허비했단 말인가? 하지만 됐다. 드디어 말할 수 있다. 밥은? 먹을래. 고작 그 정도의 말을 드디어 할 수 있게 되었다. 이토록 오래 지나서야 겨우 할 수 있게 된 말의 무게를 곱씹는다.

후련한 표정으로 아버지에게 미소를 지었다.

"나 왔어."

아버지도 대답하며 미소를 지었다.

"잘 왔다."

우리는 푸근한 마음으로 서로를 마주 바라봤다.

그때였다.

"스즈!!"

기차역 밖에서 나카이 씨의 목소리가 들렸다.

성가대 여성들, 히로, 루카, 카미신, 그리고 시노부….

모두가 마중을 나와주었다.

"잘 왔어!!"

저녁 햇살에 물든 니요도가와 강변을 다 함께 천천히 걸
어 돌아왔다.

성가대원들이 선두에 서고 아버지가 가장 뒤에서 걷
는다.

우리 뒤에서 히로와 루카가 사이좋게 이야기를 나누고
있다. 그 모습을 카미신이 흐뭇해하며 보고 있다.

나는 시노부와 함께 걷고 있다.

"…스즈."

"응?"

"그 애들을 지키는 너, 꽤 하더라."

시노부를 돌아봤다.

"멋졌어." 시노부는 가만히 나를 보더니 미소 지었다.

멍하니 시노부를 올려다봤다. 자신의 뺨이 붉어지고 있음을 알 수 있었다.

시노부는 걸으면서 손을 쫙 펴고 크게 기지개를 켰다.

"아아, 드디어 해방이다!"

하늘을 올려다보며 절절하게 말했다.

"이제 지켜주지 않아도 되겠어. 앞으로는 아주 평범하게 대할 수 있을 것 같아. 옛날부터 그러고 싶었어."

시노부가 지금까지 그렇게 생각하고 있었다는 것을 처음 알았다. 하지만 뭐라고 해야 할지 몰라 시노부가 바라보는 하늘을 함께 올려다보았다.

서쪽 하늘의 적란운 너머에 석양이 있다. 푸른 하늘에 노랗게 물든 구름이 청아하게 보였다.

시노부는 멈춰 서서 그 광경을 올려다보고 있다. 히로와 루카도, 카미신도 멈춰 서서 올려다본다. 아버지도, 성가대 여성들도.

적란운 꼭대기에서 빛 한 줄기가 아름답게 뻗어 나왔다.

그 광경을 올려다보면서 마음속으로 시노부에게 말했다.

용과 주근깨 공주

미안.

─으응, 아니다.

그에게 해줘야 할 말은 고맙다는 말이다.

언젠가 이 마음을 꼭 직접, 시노부에게 전할 수 있다면 좋겠다.

말할 수 있는 사람이 되고 싶다.

부드러운 바람이 내 머리카락을 흔들었다.

성가대 여성들이 나누는 이야기가 들렸다.

"저기, 같이 노래하며 갈까?"

"좋지! 연습도 겸해서."

"가을 콘서트 준비차?"

"무슨 노래를 부르지?"

"그거 좋겠다. 그 노래."

성가대 여성들이 돌아봤다.

"스즈, 리드해." 요시타니 씨가 내게 말했다.

히로, 루카, 카미신도 한껏 신이 나 몸을 내밀며 동시에 외쳤다.

"노래해!"

깜짝 놀라 고개를 돌려 시노부를 봤다.

"들을게." 시노부가 미소 지으며 말했다.

"…응!"

미소를 지은 뒤 앞을 보고 크게 숨을 들이켰다.

"그럼 시작한다!!"

용과 주근깨 공주

2021년 9월 30일 1판 1쇄 발행 | 2021년 11월 23일 1판 3쇄 발행

지은이 호소다 마모루 | 옮긴이 민경욱 | 발행인 황민호
콘텐츠4사업본부장 박정훈 | 디자인 All design group
편집기획 김순란 강경양 한지은 김사라 | 마케팅 조안나 이유진 이나경
국제판권 이주은 김준혜 | 제작 심상운 최택순
발행처 대원씨아이(주) | 주소 서울특별시 용산구 한강대로 15길 9-12
전화 (02)2071-2018 | 팩스 (02)797-1023 | 등록 제3-563호 | 등록일자 1992년5월11일

www.dwci.co.kr

ISBN 979-11-362-8745-8 (03830)